David McNeil

Quelques pas dans les pas d'un ange

Gallimard

David McNeil est né en 1946 dans le Bronx. Auteur-compositeur, chanté par Yves Montand, Julien Clerc, Alain Souchon parmi d'autres, David McNeil a enregistré sept albums sous son propre nom. Par le biais des livres pour enfants, il aborde le roman et publie en 1991 son premier roman *Lettres à Mademoiselle Blumenfeld. Quelques pas dans les pas d'un ange* est son cinquième livre.

Ce livre est court, beaucoup trop court. Il raconte les rares moments que j'ai pu passer avec celui qu'autour de moi tout le monde appelait « Maître » et que moi j'appelais simplement papa...

Le musée des méduses

Auguste vers onze heures garait la Peugeot sur la dalle en dur du restaurant Neptune, le seul établissement avec le Mogador à rester ouvert jusque tard en automne. Là on sortait vite de la malle nos sandales, les nattes en paille de riz, les serviettes aux initiales d'un hôtel de Montreux et on partait plus loin, vers ce no man's land près du tout-à-l'égout séparant par sa boue les clients du Neptune de ceux du Mogador. C'était mieux, disait-« Elle », d'être un peu à l'écart, les endroits quelconques plaisent aux gens quelconques alors on est plus sûrs, entre gens quelconques, de ne pas attirer les paparazzi. Elle faisait semblant de fuir les photographes, à l'époque ils étaient si souvent italiens que je l'ai vue un jour dans sa salle de bains rentrer un peu son ventre parce que Mario Lanza chantait à la radio. Alors peu à peu tous les chasseurs d'images sans même être italiens étaient devenus des gens diaboliques : Elle pensait que souvent ils se déguisaient en gardiens de parking, en patrons, en serveurs, en masseurs, en plagistes louant des parasols ou des transatlantiques à six francs par jour, sans compter les pourboires, les vestiaires et les pièces qu'attendait le vingt-septième cousin de Django Reinhardt passant entre les tables en massacrant *Blue Moon*. Plus question pour nous d'aller déjeuner sur les tréteaux dressés le long de la rocade pourtant si accueillants avec leurs jolies nappes et leurs cruches de vin frais, sans parler des jeunes et jolies Provençales qu'aimait tant mon père, qui laissaient soulever par le vent ligure leurs jupettes en percale, ce coton bon marché qui bouffe bien mieux qu'un autre, laissant deviner leurs galbes et leurs contours, mais pour savoir tout ça il faut déjà naître du ventre d'une jeune et jolie Provençale. À cause des journalistes, des fouilleurs de poubelles, la rocade nous manquait. On n'avait plus droit aux moules à peine ouvertes d'une vapeur poivrée de coriandre en bouquet, aux croûtons rôtis flottant nonchalamment sur une nage au safran de rougets en corolles, de fritons d'abalones panachés de fenouil planté en plumeau comme un chignon chez Dior, d'avant ou d'après-guerre, les fanes de fenouil se fichent bien des guerres.

Mais Elle avait raison : Auguste, le chauffeur, beaucoup plus menuisier qu'autre chose après tout, puisqu'on doit à cet homme les baguettes de chêne clair qui depuis soixante ans ont fait le tour du monde, Auguste, le chauffeur, aimait bien conduire, mais il aimait surtout être un paratonnerre. Sardinant ici, civetant par-là, il entraînait la presse d'un restaurant à l'autre, d'un bar en bambou à un comptoir en zinc, drainant plus de journalistes que la petite starlette qui venait d'achever *Et Dieu créa la femme* et faisait la Une de tous les magazines. Pendant ce temps-là nous petits veinards on mangeait les tranches fines d'un mauvais melon d'eau, des « trois pour le prix d'un » à la fin du marché de La Colle-sur-Loup, en dessous de Saint-Paul. Sans même un parasol je finissais brûlé, cuit de sel, l'eau de Villeneuve-Loubet qu'on amenait pourtant en bidons pour cyclistes nous sauvait à peine d'une déshydratation que le marchand de glaces accusé d'être aussi de la presse à scandale nous prédisait pourtant, mais je dois avouer que jamais nous n'avons été dérangés par le moindre objectif d'un paparazzo, qu'Auguste soit béni d'entre tous les Auguste malgré la cirrhose qui devait l'emporter à cause de ces horreurs qu'il a dû avaler, ces sardines, ces civets, ces cruches de vin frais, ces moules, ces abalones, ces choses que grâce à lui on n'a pas dû manger.

Personne ne fréquentait Cagnes-sur-Mer à l'époque, on aimait Antibes, Juan-les-Pins, La Napoule, pour le peu de sable niché dans les rochers que l'armée amenait par camions en hiver, alors on avait toute la plage publique pratiquement pour nous seuls, cinq bons kilomètres de galets ronds et plats, je n'avais jamais vu de sable de ma vie, à part dans les bacs du parc des Buttes-Chaumont, alors pour moi marcher sur ces cailloux brûlants c'était le paradis. Il fallait avant d'y poser les pieds se les mouiller d'abord dans l'eau marécageuse qui baignait notre plage, entre le Neptune et le Mogador, à l'endroit exact où les grands collecteurs déversaient l'eau boueuse du département, faisant la joie des pêcheurs d'écrevisses.

Je me suis moqué des campeurs comme tout le monde dans les années soixante, mon Dieu ! Que j'avais tort. Les snobs et les gens chics les traitaient de péquenots, on riait des caravanes et des tables en plastique alors les enfants, puis les petits-enfants de ceux qui adoraient dormir sous la toile ont eu honte du camping et ont construit en « dur », ce qui a massacré toute la Côte d'Azur en deux décennies. Les tentes arrivaient en juillet et

16

repartaient fin août, le bord de mer reprenait ses droits pour dix mois, aujourd'hui de Marseille à Menton, surtout vers l'Estérel, quand on passe en avion, on dirait qu'on survole un immense jeu de cubes, le snobisme est parfois criminel.

Elle nageait tellement bien, en une brasse coulée, souple et si efficace qu'Elle nageait toujours loin. On la regardait s'éloigner de la rive puis quand les marguerites en plastique agrafées à son bonnet de bain se confondaient vaguement avec l'écume des vagues il nous arrivait, je l'avoue, de l'oublier un peu. Moi j'allais tourner autour des petites qui jouaient aux grandes sur la plage d'à côté, mon père sortait de ses poches des boîtes de pastels gras, ceux qui cassent dans leur gaine, toujours au milieu, même quand on n'appuie pas fort, qui colorent surtout les ongles et font qu'on sent la cire pendant au moins six mois. Grâce à ces pastels gras les galets s'ornaient vite de poissons et d'oiseaux, de mulets, de sirènes, de jeunes femmes, de jeunes filles aux torses délicats, de portraits de mon oncle dont je porte le nom, et de l'autre, le musicien, qui jouait du violon sur les toits, non pas qu'il ait été un original mais il jouait si mal que c'est le seul endroit où on tolérait qu'il prenne son instrument. Elle nageait tou-

17

jours, et toujours plus loin, si loin que parfois je me demandais ce qu'on pouvait trouver en face du Croc-de-Cagnes, j'ai pensé à Carthage, à Tunis, avant de décider que ce serait Bizerte. On aurait ramassé nos nattes et nos affaires et là, sur le parking, Auguste demanderait :

« On n'attend pas Madame ? » Papa répondrait : « Madame dîne à Bizerte, avancez la voiture, nous rentrons chez nous... »

Elle aurait, au mieux, été happée par un banc de cachalots, vendue aux enchères par un Persan pervers, violée, violentée, soumise à des pratiques que ma morale réprouve, j'imaginais sur ma natte en paille de riz tressée d'abord une petite suite de sévices délicats, puis de cruels tourments, des tortures orientales au son insupportable des quincailleries gnawas, le sertissage de piments-oiseaux au travers des narines, un peu comme ils font avec les os de gnous chez les Watusi, la voix de Valéry lisant du Valéry à fond dans les oreilles, des supplices à ce point insupportables que les bourreaux eux-mêmes mettraient fin à leurs jours en sautant du plus haut du plus haut minaret.

Alors, seulement alors, attaqueraient de voraces écrevisses, celles du collecteur du département, attirées par l'huile dont Elle aimait enduire ses coupoles finement marmorées d'une imperceptible trame d'aquatinte parsemée de grains plus proches du sarrasin que du son, comme on dit banalement de ces confettis qui fleurissent la peau des vilaines Irlandaises, mais notre Nageuse venait du Caucase, et au Caucase on ne donnait de son qu'aux ânes et parfois aux Russes, alors on parlait peu des vilaines Irlandaises, relisez *Guerre et Paix* vous verrez, j'ai raison.

Ces crustacés gourmands, pires que des piranhas, attaqueraient donc les truffes de ses tétons foncés aussi grands que les pièces de cinq francs du temps de Paul Doumer, allant de la plus pâle terre de Sienne au plus franc vermillon, ils grignoteraient d'abord les sommets où se mêlaient vieux rose et carmin foncé, cernés par un fin houla-hoop à peine perceptible de jolies tumescences d'une couleur assez proche des petits caramels que vendait Ferraggia sur la place Masséna. Mais j'étais trop loin dans le wagon Pullman à compartiment double où un soir Elle avait lisoté près d'une lumière pâlotte dans un Paris-Nice, ne laissant dépasser de sa chemise de nuit qu'un peu d'un peu tout ça, alors j'ai du mal à décrire les froissures, les fronçures que les années infligent aux Alpes et aux Alpilles des filles devenues femmes, souvent très gentiment.

Après les écrevisses du grand collecteur viendraient des escadrons de calmars pénétrants, suivis par des légions d'oursins sodomites dont parle déjà Homère dans son Odyssée, les silures finiraient alors le travail, on ne retrouverait que son bonnet de bain. Mais Elle nageait trop bien. Elle revenait toujours. Alors, pour ne pas qu'ils finissent presse-papiers au Salon du livre, on balançait les galets à la mer avant qu'Elle n'arrive, faisant des ricochets. J'ignore si le pastel gras tient longtemps quand il est dans l'eau mais chaque été des familles entières de méduses viennent du bout du monde, on croit qu'elles traînent par là pour gêner les touristes mais en fait elles se rendent au plus grand des musées de la Lithographie, le dessin sur pierre au vrai sens du mot, nous on va au Louvre, à la Tate Gallery, chez les méduses on va au musée des Méduses, c'est au milieu de ce qu'on appelle le Croc-de-Cagnes, entre le Neptune et le Mogador, et papa doit penser que c'est très bien comme ça.

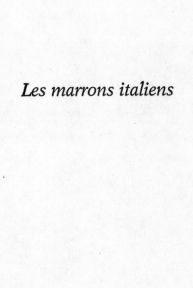

Les marrons italiens

À Vence en ce temps-là il y avait encore beaucoup d'Italiens arrivés du Sud au début du siècle, surtout de la Calabre, la région la plus pauvre de la péninsule. Ils feignaient d'oublier la centaine d'entre eux trucidée sous les murailles d'Aigues-Mortes en mille neuf cent onze : la Saint-Barthélemy, le massacre des cathares et des chouans de Vendée, les crimes de la Terreur étaient, si on peut dire, très franco-français, c'était la première fois qu'on assistait en France à un vrai pogrom d'immigrés.

La jeunesse de Provence, comme toute celle du pays, avait été sévèrement décimée par la guerre de Quatorze, alors cette main-d'œuvre bon marché a été tout à coup bienvenue. Ils travaillaient pour les horticulteurs et les pépiniéristes, cultivant des primeurs et des fleurs à couper, puis l'automne venu devenaient vendangeurs et enfin bûcherons quand

l'hiver arrivait. On les tolérait mais ils la filaient douce, comme on dit dans les films
avec Jean Gabin, l'autre guerre, la Seconde,
n'était terminée que depuis peu de temps et
les troupes italiennes étaient entrées dans
Nice assez brutalement, acclamées haut et
fort par leurs concitoyens, après tout c'était
la ville de Garibaldi.

Si eux la filaient douce, leurs enfants étaient
plus turbulents. Comme les gens du pays ne
parlaient entre eux que le provençal ou plutôt
le niçois, un parler différent, plus sec et
moins chantant, les jeunes Italiens qui ne
comprenaient pas les appelaient les « caga-
blea », littéralement les « chieurs de blettes »
à cause des cardons qu'ils mettaient dans leurs
soupes, leurs gratins, leurs beignets, enfin un
peu dans tout. La plupart des « caga-blea »
par contre parlaient bien l'italien mais pré-
féraient crever plutôt que l'avouer. Grâce à
Mariano, notre jardinier, qui ressemblait tellement au jeune Fernandel qu'il l'avait dou-
blé jadis dans un film où il devait plonger du
ponton d'un cargo, je parlais un peu le caga-
bléen, l'anglais avec ma mère, le russe avec
mon père mais pas un seul mot d'italien, ce
qui posait problème avec les Calabrais. Les
enfants de mon âge arrivaient tous du Sud, à
part un Polonais qui ne m'a jamais adressé la

parole de peur de représailles, mais cela fait partie du code de survie de l'émigrant immigrant chez des immigrés, j'apprendrai ça plus tard.

Rosa, notre cuisinière native de Bologne, aurait pu me l'enseigner, mais sauf au curé elle ne parlait à personne, à part à Madame, rarement à Monsieur, depuis le départ pour Addis-Abeba d'Antonin, son petit fiancé, dans le cadre de la Grande Conquête de l'Abyssinie, la seule terre d'Afrique dont personne ne voulait, ni les colons anglais, ni les missionnaires belges, assez peu regardants, ni même les Allemands qui étaient pourtant très expansionnistes à cette époque-là. C'est un territoire désertique sans une goutte de pétrole, planté de rochers arrosés par du sable une ou deux fois par an mais que Mussolini voulait pour ses filles, celles de la reine Balkis chantée par Salomon, la sublime reine des reines, la reine de Saba. Elles étaient jolies à damner d'un sein plus d'un Antonin alors le bonhomme n'est jamais revenu même après la défaite, mais qui pouvait blâmer ce pauvre Antonin quand on avait vu Rosa.

J'étais le seul gamin d'apparence nordique de toute la région, alors la jeune Danielle, la fille du chauffeur d'autobus qui faisait la navette entre Grasse et Nice, la plus mignonne de mes fiancées, me préférait aux autres, sûrement par snobisme, parce que j'étais né loin, à New York, le fait d'être né à New York quand on vivait à Vence dans ces années-là c'était comme de venir au moins d'Aldébaran. Et puis j'étais le fils du petit monsieur russe qui peignait des tableaux quelquefois très bizarres, des coqs verts à l'endroit sur des toits à l'envers, mais il était aimable et ça devait se vendre puisque l'hiver dernier il avait acheté, lui avait dit son père, la maison des « Collines ». C'était une vieille bastide assez élégante en bas du Baou Blanc, une des trois grosses montagnes qui vont de Vence à Nice, glissant vers l'Italie. Elle était peinte en jaune, fissurée de toutes parts, on a tout colmaté et tout repeint en blanc et tout ça provoquait bien sûr la jalousie des gamins qui vivaient dans de vieux mas en ruine, dans des préfabriqués ou des caravanes et n'avaient pas comme moi un immense jardin avec la permission d'y construire des cabanes, permission accordée parce que j'allais plus tard devenir architecte, c'était décidé, d'après Elle les cabanes constituaient dès lors un très bon entraînement.

Jeune voyageur j'étais embarrassé d'être toujours si grand, d'être toujours si blond, repérable à dix lieues au milieu des noirauds, il n'y a qu'à Stockholm qu'on me demandait l'heure. Place D'jema el-F'na au centre de Marrakech, à moi d'être choisi par les illusionnistes pour faire le tartignol à qui on pique la montre, à moi les blagues qu'on sait être scatologiques, les scorpions sur l'épaule, les najas en cravate et les danseuses du ventre debout sur ma table le soir au restaurant. Plus tard le temps qui passe a réglé mon problème, mes cheveux peu à peu sont devenus tout gris.

Danielle était donc la fille du chauffeur qui faisait la navette entre Grasse et Nice et a fini sa vie au fond d'un ravin sur la route encore dite route de Saint-Jeannet, qui allait s'appeler avenue Henri-Matisse. C'était, on le comprend, assez difficile pour un autre peintre d'habiter une villa sur une telle avenue, alors sur la plaque on a rajouté que c'était l'ancienne route menant à Saint-Jeannet pour qu'on puisse adresser du courrier à papa sans qu'on cite le nom de celui aussitôt devenu chez nous « colleur de papiers peints » : Perclus de rhumatismes le vieux Maître ne faisait plus que du découpage. Plus tard, dans les années soixante, mon père partira pour Saint-Paul, c'est là qu'il repose aujourd'hui, c'est dommage. Dommage pour lui, qui aimait tant Vence, tant pis pour Vence dont les édiles, je pense, ont souvent oublié de l'honorer un peu.

Danielle était la plus jolie de toutes les gamines qui fréquentaient l'école communale où je n'allais pas parce que j'étais trop jeune, je prenais des cours chez madame Boulie, adorable vieille dame qui vivait au milieu d'une centaine de chats, j'exagère à peine. Elle avait une très étrange façon d'apprendre à lire et surtout à écrire, on devait tracer les lettres des mots dans la couleur exacte de ce qu'ils représentaient, la cerise en rouge et la pomme en vert, le ciel en bleu ciel, l'orange en orange, c'était amusant, pas très efficace et ça prenait du temps, on n'avait qu'une seule boîte de crayons, une boîte de Caran d'Ache, don de Virginia, c'est le nom de maman. Madame Boulie n'a heureusement jamais demandé qu'on écrive « cornemuse », imaginez ça, tout en écossais, on y serait encore.

Une ancienne tradition du nord de l'Italie veut qu'on offre à sa belle le premier marron tombé d'un marronnier, je veux dire trouvé au moment où il tombe, pas un marron qui traîne, ni gaulé ni cueilli, ça ne compte pas. Et là logiquement elle doit vous promettre d'être votre amoureuse jusqu'à l'automne suivant. Dans les cours des écoles on voyait les enfants tous le nez en l'air, ne jouant même plus, ne se chamaillant pas, les professeurs croyaient qu'ils guettaient les Soucoupes dont on parlait tant à la T.S.F. c'est comme ça que les gens appelaient la radio, pas encore transistor. En fait ils attendaient que tombe un marron, destiné à Danielle bien évidemment, j'ai même vu un shmock guetter sous un platane.

Par un jour d'automne, revenant d'une leçon chez madame Boulie, passant par hasard par la rue des Poilus, la petite parallèle à l'avenue principale de la vieille ville de Vence, voilà que je tombe, devant le lavoir, sur la cosse éclatée du plus beau des marrons qu'on ait jamais trouvé de Naples à Gibraltar. Comme j'ignore les coutumes calabraises, je le ramasse comme ça, par curiosité, c'est un beau marron, lourd, luisant, presque rond, tout à coup surgit une horde de gamins qui se jette sur moi, hurlant en Dieu sait quoi, je détale, ils me suivent, redoublant de fureur, je remonte la rue et je prends la tangente qui mène à Coursegoule espérant les semer, mais ils savent où j'habite et quand je redescends ils me cernent au bas du vieux sanctuaire, je n'ai plus qu'une issue, le ravin où je plonge, roulant vers la Lubiane, le petit ruisseau qui coule en contrebas, dix mètres presque à pic, dans les ronces, les orties, j'ai perdu mon marron en traversant la route mais ils ne l'ont pas vu, moi je ne sais toujours pas que c'est ça qu'ils veulent, ils me suivent encore, je remonte la pente du versant opposé, tout mouillé, la Lubiane est profonde à cet endroit-là, j'arrive sur la route qui fait une grande boucle traversée par un pont en ferraille d'où Danielle s'amuse qu'on se batte pour elle. Mon père tranquillement, faisant comme chaque jour sa petite promenade, voit le marron par terre, alors il le ramasse, le frotte sur le revers de sa veste en velours et l'offre à la gamine qui se lève sur la pointe des pieds pour poser un baiser sur sa joue. Un baiser de Danielle ! Quinze gamins, route de Saint-Jeannet, comprennent en une seconde ce que c'est qu'être un vrai séducteur

Nel blu di pinto di blu

« Nel blu di pinto di blu », chantait la T.S.F. de Rosa, pas encore transistor. C'est une vieille chanson romantique des années cinquante dont cette phrase est le titre et qui veut dire à peu près : « Sous le ciel bleu qu'on a peint en bleu », la suite dit « Felice di stare la su », « Si heureux d'être là », moi aussi j'étais si heureux d'être là, dans le bleu qui régnait partout dans la maison, dans le bleu des iris fleurissant tout autour, dans celui des chardons, des lavandes sauvages poussant dans les restanques, c'est le nom dans le Sud des cultures en paliers. Nos voisins les Barrière, vaguement horticulteurs, regardaient grandir leurs rangées d'anémones, là c'était l'indigo la couleur dominante, il n'y avait qu'en été que c'était assez moche, c'est la saison des roses mais surtout des glaïeuls, je n'aime pas les glaïeuls. Sur mon passeport est écrit « né à New York City, New York », c'est tout à fait faux. Je suis né dans le bleu. De la rencontre de celui, un peu délavé, du regard de ma mère avec celui, plus intense, de mon père, ensemble ils avaient fait quelque chose qui devait ressembler à un ange j'imagine, un ange aux yeux bleus, je suis sûr que les anges ont souvent les yeux bleus. Puis j'ai eu les joues bleues après leur période rose : Oubliant qu'il faisait des esquisses au crayon outremer, papa les caressait au passage quand entre les tables et les chevalets nous jouions, moi et Jean, ma gentille demi-sœur qu'on appelait Jeanne parce que Jean c'était « Djinn », bien trop court, bien trop simple pour les Provençaux qui adorent les surnoms, Jeanne devenait Jeannette et David Davidou.

Quand un jour j'ai voulu moi aussi dessiner il m'a donné une boîte de ces pastels gras qui se cassent au milieu, et machinalement ou par mimétisme, j'ai choisi les bleus, les bleu ciel, les canard, les cobalt, les pétrole, tous les bleus et rien d'autre, tâchant de le rejoindre quelque part dans son monde, j'étais bien naïf. Bien naïf de croire qu'une simple couleur était la clé du prisme, on n'ouvre que les portes qu'on a déjà en soi. C'est de ce genre de choses qu'il parlait sans doute avec Albert Einstein, ce chercheur rencontré à Berlin dans les années trente, qui à ce qu'on dit jouait mal du violon, mais pour moi quelqu'un jouant mal du violon c'était mieux que quelqu'un n'en jouant pas du tout, papa se souvenant que chez lui les mauvais violonistes finissaient sur les toits avait sans doute peur pour son nouveau copain, bien qu'un prix Nobel raflé à vingt-six ans aide à faire oublier tout un tas de fausses notes.

Pour créer ses esquisses il aimait le collage, découpait des coupons et des bouts de papier qu'il plaquait sur des feuilles, des toiles ou des cartons, mais ce qu'il détestait c'était de faire les fonds. Alors ce travail m'était dévolu et le sera encore quand, quittant mon collège, je viendrais passer les mois de grandes vacances aux Collines. Comme j'aimais mieux, de loin, aller à la plage, il usait d'un savant stratagème pour que je fasse ces fonds, m'expliquant que le papier s'envolait lorsqu'il était entièrement recouvert de couleur. Il faisait découper par Auguste des feuilles format « raisin » dans de grands rouleaux, on ouvrait les fenêtres, je commençais alors mon lassant coloriage. J'ai peint et j'ai peint, en jaune, en rouge, en vert, soigneusement, patiemment, pour qu'il ne reste pas un seul coin de blanc, mais pas une seule feuille, même entièrement couverte ne s'envolait jamais.

« Ça ne marche pas, papa...

– Essaie encore, tiens, essaie en orange. »

Et je peignais cinq, dix feuilles en orange, toujours rien.

« Bon, il doit faire trop chaud, on essaiera demain... »

Quand j'ai voulu peindre des choses plus personnelles, il ne m'a plus donné que de vieux tubes pressés, roulés, écrasés, parfois éventrés d'un coup de canif sur toute leur longueur pour en sortir la dernière larme de peinture. Ou bien d'autres, presque neufs mais durcis, parfois encore rangés dans leurs boîtes d'origine, de belles boîtes cartonnées avec des étiquettes en lettres cyrilliques, sans doute dataient-elles d'un voyage dans le Transsibérien au début des années vingt, j'aimais à le penser. Les marques de produits pour artistes sponsorisaient déjà quelques peintres à l'époque mais des boîtes et des boîtes et des caisses de couleurs dormaient dans les placards, de quoi peindre et repeindre les plafonds de tous les Opéras de toute la planète, et lui grattait l'étain jusqu'à la moindre goutte, souvenir de la Ruche où souvent les artistes manquaient de matériel, peignant même sur leurs draps tant la toile était rare. Je descendais alors dans l'atelier d'Auguste, je coinçais **ces tubes** secs dans un de ses étaux et les sciais pendant qu'il me faisait la tête parce qu'il avait justement besoin de l'étau.

Si Elle appelait Auguste « Auguste », mon père, comme beaucoup de gens issus de milieux modestes, avait du mal à appeler quelqu'un par son seul prénom alors il disait monsieur Tiberti. S'il disait juste : « Tiberti ! », c'est qu'il était fâché. Moi c'était moins simple : Mon père venant d'une famille très pauvre devenue très riche et ma mère d'une famille très riche devenue assez pauvre, je mettais un Monsieur avant de dire Auguste, ça me paraissait être un juste milieu. Je cassais la pâte sèche au marteau sous son œil agacé, il avait bien sûr besoin du marteau. Quand le tube était réduit en poussière je montais tout ça comme une mayonnaise, ajoutant un jaune d'œuf volé à la cuisine et de l'huile de lin versée goutte à goutte, ça faisait une pâte lisse, homogène, exactement comme celle qu'on trouve chez les marchands. Les escrocs bien sûr avaient avant moi trouvé la combine. Ils achetaient des croûtes datant de l'époque du peintre qu'ils comptaient sournoisement fal-sifier, mille neuf cent par exemple, alors ils décapaient le sujet d'origine, y faisaient peindre un faux avec de vieux pigments trouvés dans des brocantes ou des fonds d'ateliers, toutes les expertises, même au carbone quatorze, disaient bien que la toile était de mille neuf cent, pour peu que le faussaire ait un peu de talent, que la signature soit assez réussie, c'était un tableau « pourquoi pas » authentique qui après deux ventes l'était tout à fait, mais on ne fait plus ça aujourd'hui, ils le jurent.

Un jour que je broyais un bleu « horizon », Auguste a lâché son ciseau à bois en se figeant comme s'il avait vu le Diable : Il avait vu le Diable. Elle se tenait debout devant l'atelier, les poings sur les hanches :

« On peut savoir ce que tu fabriques ! » Rosa était accusée de voler des œufs pour les manger chez elle, elle avait bien dû me dénoncer, la pauvre, elle s'est sentie honteuse pendant trois étés. Un seul peintre suffisait dans la famille et moi je devais devenir architecte, je ne devais pas peindre et ne peindrais jamais, il me fallait construire des cabanes dans les arbres, des cabanes, des cabanes et encore des cabanes : J'ai dix ans, je n'aime pas les cabanes, je déteste les cabanes, je hais les cabanes, sur la Terre je suis le seul enfant sur un milliard d'enfants à vomir les cabanes qu'on construit dans les arbres.

*Les jarres, le Catalan
et sa petite fille*

Pendant tout un temps nous prenions chaque matin la route de Vallauris. C'était avant Elle et bien avant Auguste, au temps où maman habitait les Collines. Nous partions tous les trois, Jean allait à l'école, moi j'étais trop petit et madame Boulie devait être en vacances avec ses nombreux chats, les vacances à l'époque duraient au moins trois mois. Vallauris est une ville qui est à la céramique ce que Murano est au verre soufflé, un must pour le visiteur de la Côte d'Azur. À Aix les calissons, là-bas c'est la poterie. Très traditionnelle, gentiment polychrome comme on l'imagine, avec un peu de tout, mimosas et cigales, mer et branches d'olivier, sans compter les sujets résolument abstraits, Mathieu le calligraphe arrivait à grands pas dans la vie des Français. À l'époque Vallauris était déjà la ville de la jarre vernie, ce genre de grosses amphores avec le bas tronqué que les gens aiment placer devant leur maison, et ne sont en fait que des cabinets. « Aller au cabinet » se disait chez les Barrière « employer la jarre ». Elles étaient enterrées tout au fond des jardins, on ne laissait dépasser que trente centimètres, la hauteur d'un jarret, c'est pourquoi le vernis dégouline aux rebords, on ne vernissait bien que la partie visible. Une fois la jarre remplie on cassait ces rebords, on recouvrait le tout avec de la terre, les légumes plantés là poussaient comme des diables. Il faut imaginer des dizaines de cuvettes ornées d'hortensias, toutes en porcelaine blanche devant chaque pavillon de la ville de Gien, c'est tout à fait ça que voient les Provençaux qui se souviennent des jarres et se marrent en silence, passant devant les mas de l'immense jeu de cubes. La ville vit de la vente de bien vilains objets, il n'y a rien à redire, par contre eux vous diront que s'ils font autre chose que ce que les gens veulent ils peuvent fermer boutique, les gens très souvent ont un goût de chiottes, l'expression vient de là.

Madoura comptait des potiers renommés, c'était donc normal qu'on s'adressât à eux quand on voulait s'essayer à la céramique, mais Picasso était paraît-il furibond, apprenant que mon père voulait y travailler. Vallauris était son fief. Matisse c'était Nice,

Cimiez exactement, avant qu'il n'empiète sur la ville de Vence avec sa chapelle, une tout autre histoire, Léger c'était Biot où allait plus tard s'ouvrir son musée, un gros bloc de béton, une sorte de rectangle couché sur le flanc, une grosse boîte à chaussures allongée sur la tranche. Cocteau avait lui sa chapelle sur le port de Villefranche, une toute petite chapelle finement décorée et que les habitants trouvaient très jolie, c'est rarement le cas des chapelles d'artistes. Picasso était partout, d'Antibes à Vallauris en passant par Cannes, mais papa n'a sûrement pas choisi Madoura pour faire la nique à l'autre, les deux hommes s'estimaient et mon père, quelques jours après ma naissance, lui avait envoyé une photo de moi, Françoise Gillot écrit dans sa biographie qu'il l'avait épinglée au mur de son studio, si je n'ai aucun Picasso à mes murs, j'aurais au moins été au mur de Picasso. Les deux hommes s'estimaient mais une sorte de jeu s'était peu à peu installé entre eux, ce qui donnait des phrases un peu comme ceci :

« Aimez-vous Picasso ? demanda un jour une jeune journaliste à papa.

– Si Picasso m'aime, moi je l'aime aussi », répondit mon père.

Une petite fille passait et repassait sans

cesse devant l'atelier où « on » travaillait, peut-être était-ce Paloma, qui sait, mais papa m'a demandé d'en faire autant chez lui : « Dis-moi ce qu'il fabrique », ou « Quelle terre emploie-t-il. » La petite fille et moi étions des espions à la solde de deux des plus grands créateurs de ce siècle, deux caractères si forts ne pouvaient que s'affronter et ça faisait de bien belles étincelles. Cette « rivalité » avait dû commencer avant la Première Guerre, au temps d'Apollinaire, peut-être de Blaise Cendrars, qui naviguaient de la Ruche au Bateau-Lavoir, rive gauche contre rive droite, le clivage a toujours existé, tout comme ces jalousies d'amitié qu'on rencontre plus souvent à l'école, mais les artistes aiment garder un pied dans l'enfance.

Une fabrique de poteries, pour un petit garçon, c'est le jardin d'Éden. Madoura pour moi c'était des montagnes de pâte à modeler de toutes les couleurs, de toutes les textures, du plus blanc kaolin à l'argile la plus sombre, de l'ardoise à l'ocre, du vert à l'anthracite, des Mont-Blanc de terre glaise dans lesquels je pouvais façonner tout ce que je voulais, des soldats, des chevaux, des bonshommes, les artisans las de toujours travailler avec des artistes souvent caractériels aimaient bien m'aider, m'expliquer comment travailler la terre, monter, par exemple, un vase sur un tour, comment faire des évents dans une figurine pour laisser passer l'air afin que la pièce ne se fende pas au feu, toutes sortes de choses comme ça. J'adorais apprendre, contrairement aux adultes qui faisaient souvent semblant de s'y connaître, il en résultait, quand la glaise s'affaissait, des formes très étranges qu'ils étaient obligés d'alors revendiquer. Quand je réussissais quelque chose de joli j'avais le droit de le mettre au four. Après quelques heures on ouvrait la porte et c'était le miracle. La terre s'était changée en une belle céramique, c'était une vraie sculpture, un vrai personnage, il fallait attendre que ça refroidisse avant d'y toucher et ça prenait du temps, le temps compte presque double quand on a cinq ans. Quand la forme était tiède on pouvait passer dans un autre atelier, l'atelier des peintures où je la décorais avec mes motifs, loin des coqs de l'un et des taureaux de l'autre, l'objet cuisait à nouveau quelques heures, achevé et verni c'était vraiment beau, les machins de papa et de son ami chauve me semblaient n'être que des essais gentillets.

Mon père s'est vite lassé de ces allers-retours de Vence à Vallauris, lui et le Catalan sont rapidement passés à tout autre chose, nous laissant beaucoup d'œuvres, Picasso plus que papa qui travaillait moins vite, qui n'aimait l'urgence qu'en esquissant ses toiles, l'Autre était capable en moins d'une semaine de garnir tout entier le rayon porcelaine de la Samaritaine en pensant à ce qu'il ferait le lendemain.

Bien plus tard, quand les deux hommes avaient disparu, j'ai visité un hangar près de Cagnes-sur-Mer, pas très loin du Neptune ni du Mogador, un hangar immense où d'habitude ils stockent les pianos et les meubles, mais là il ne restait que deux longues étagères parallèles à claire-voie. Sur l'une d'elles, posées debout de face, il y avait une cinquantaine d'assiettes de mon père faites chez Madoura, attendant sans doute d'être répertoriées, sur l'autre étagère, dans la lumière étrange de cet entrepôt vide, étaient alignées une cinquantaine d'assiettes faites elles par Picasso, elles se regardaient en silence en un très étrange face-à-face.

Le mariage d'Ida, les spartiates
et le photographe belge

Mon père avait découvert Vallauris en cherchant un potier pouvant réaliser le service spécial qu'il voulait offrir à Ida, mon autre demi-sœur, à l'occasion de son remariage avec Franz, le directeur célèbre d'un grand musée suisse. C'était un service en terre cuite, blanc légèrement rosé, assiettes et bols pour le bortsch, plat et soupière qu'il avait décorés de poissons et d'ânes, de coqs et de couples d'amoureux, c'était un jour pour les amoureux.

Une foule se pressait place de la mairie, on lançait des fleurs, tout le monde à Vence adorait papa et venait saluer celui qui très vite était devenu quelque chose comme « leur » peintre. Un photographe belge qui vivait à New York et faisait des portraits de célébrités était resté par là après la séance sous le faux prétexte de faire un petit film, en fait il était amoureux de maman. Alors ce matin-là devant la mairie c'était bien sûr lui qui prenait les photos, pour les contre-jours il employait un flash, j'en ramassais les ampoules dont il émanait une odeur douceâtre qui me plaisait bien. On était partis à pied en un cortège joyeux vers la grande maison des Collines, remontant la rue des Poilus, il y avait Marguerite et Aimé, le marchand de tableaux de papa, un poète déjà saoul mais tout le monde bientôt allait lui ressembler et d'après les photos ils avaient même dansé assez tard dans la nuit.

Jusque-là Jean et moi vivions une vie très proche d'être paradisiaque. En seulement quelques mois tout allait chavirer. D'abord ce fut l'arrivée d'un certain Gordon Craig, disciple, disait-il, de Krishnamurti, prêchant la non-violence et le végétalisme, tout ce genre de choses à la mode à Paris, pas forcément à Vence, en fait un hippy venu vingt ans trop tôt. Il était dans le Sud pour y faire un ashram enseignant l'Idéal, cette philosophie du réel prônée par son maître, qu'on pourrait résumer ainsi : Un tas de jolies femmes, fortunées si possible, avec lesquelles le « guide » fait l'honneur de dormir, thé au lait pour les filles, champagne pour le gourou.

Il est vite rejoint par Raymond Duncan qui se trimbale aussi en toge et sandales, Ray-

mond est le jeune frère d'Isadora, aussi cin-
glé qu'elle, un autre hippy arrivé trop tôt.
Duncan connaît mon père, avant-guerre il
hantait la Coupole où papa dînait d'huîtres
une fois tous les mois, le soir où son marchand lui signait son chèque. Les voilà qui
déboulent un jour aux Collines, mon père les
accueille sans doute très gentiment, mais
surtout ils embobinent assez vite maman, on
végétalise tellement que Rosa s'en va, tous les
jours aux repas ça devient blé germé sur
levure de bière, riz complet, légumes crus, on
n'aimait pas ça ma sœur Jeannette et moi, on
préférait la viande avec du jus de viande pour
y tremper du pain plein de mie et bien blanc.
On achète des vélos pour faire des promenades, papa lui s'en fiche, il continue à faire
de la céramique et s'en va en voiture assez tôt
le matin. Alexandre, le chauffeur de l'époque,
qui m'a fait un portique trapèze et balançoire, l'emmène à Vallauris en nous laissant
là, aux mains de ces fadas comme on les
appelle en ville, ces fadas qui ont tant d'in-
fluence sur ma mère qu'on nous habille en
toge nous aussi, qu'on nous chausse de spartiates aux semelles si épaisses qu'on marche
ma sœur et moi comme des Monsieur Hulot.
Un jour assis sur le porte-bagages du vélo de
maman, mon pied s'est pris dans la roue

arrière, on a entendu un horrible tac-tac-tac, elle a pensé que j'avais les os brisés, c'était la semelle qui avait eu raison de tous les rayons. Pour Jeanne c'était pire. On est déjà coquette à onze ou douze ans, elle allait à l'école habillée comme ça devant les copines, devant les garçons, ça devait être vraiment épouvantable.

Les pédagogies différentes étaient très à la mode. Freinet ouvrait une pension à son nom sur la route de Cagnes, où les enfants faisaient un peu ce qu'ils voulaient. On les jalousait au point de les frapper quand on en rencontrait un, les « freinets » ne se hasardaient pas dans la ville, surtout en automne où ils avaient droit à des pluies de marrons à défoncer les crânes. Un jour ça a été la bagarre générale devant le vieux Matisse qui avait fait appel aux directeurs d'écoles, cherchant un coup de main pour faire des découpages destinés à orner sa chapelle. Je connaissais un peu le vieil homme. Avant leur bouderie mon père allait parfois le voir à Cimiez, je me souviens vaguement d'un grand atelier où il était assis dans un immense fauteuil. À la fin il ne se levait plus, ne peignait plus non plus, même de loin, comme je l'avais vu faire, un pinceau attaché à un bout de bambou. La cause de la brouille entre les deux amis est stupidement simple : papa voulait le petit sanctuaire sur la route de Coursegoules pour en faire une chapelle comme Cocteau à Villefranche et on le lui avait bêtement refusé, donnant le feu vert à Matisse pour ériger la sienne. On peut s'étonner de l'entrain qu'ont les vieux artistes à bâtir des chapelles, mais tous les gens âgés rachètent leurs péchés en faisant quelque chose, eux le font de façon plus voyante, voilà tout. Et puis quelle idée d'aller baptiser du nom d'un autre peintre la route où tous les jours il faisait sa promenade, d'autant plus qu'à part Napoléon personne n'a de route à son nom, c'est ainsi que le vieil homme était devenu aux Collines « colleur de papiers peints ».

Matisse voulait réunir toute ma classe et une classe de « freinets » qui avaient refusé de sortir de chez eux, alors leur école avait été choisie comme lieu de réunion pour satisfaire le peintre. Nous étions trente enfants, moins les quinze disparus en chemin, partis voir Danielle sur le pont de la Lubiane où elle attendait son père. Au début tout allait bien, ceux qui restaient en classe ont fait quatre ou cinq feuilles assez convenables puis on a commencé à découper d'autres choses, des autos, des camions, des Spirou, c'était du papier cher. Puis on a balancé de la colle, puis carrément des ciseaux sur les « freinets » qui ont riposté, Matisse a fichu tout le monde dehors en gueulant, nous menaçant de sa canne qu'il faisait tournoyer au-dessus de sa tête, c'était trop tard pour aller traîner sur le pont et il n'y a pas un seul de mes découpages dans cette maudite Chapelle, l'artiste a fait appel à une école de filles. C'est étrange. On demande toujours aux enfants de faire des trucs barbants. Colorier des fonds ou découper des algues en papier glacé, si Yves Klein nous avait demandé de peinturlurer ses modèles en bleu avant qu'il ne les plaque sur ses toiles, tout le monde aurait demandé à participer.

Duncan et Craig sont partis plus loin, ils ont fini par ouvrir un ashram rue de Seine à Paris, il est toujours là. Mon père travaillait encore à Vallauris, ma mère le rejoignait au début pour le déjeuner dans la Packard du photographe belge, puis elle n'y est plus allée qu'une fois tous les deux jours, puis elle s'en est allée avec le photographe, emmenant ses enfants avec elle.

Quand, un an de pension plus tard, je suis retourné aux Collines pour les vacances d'été, papa s'était déjà remarié avec Elle, monsieur Auguste remplaçait Alexandre, un jardin anglais poussait à la place du portique tra-pèze et balançoire, la seule bonne nouvelle c'était que Rosa était revenue.

Einstein, les figues,
les arbres et les chardons

Été comme hiver mon père vers six heures quittait son atelier, saluait au passage Gilbert le marbrier et partait marcher pendant une petite heure. Au kilomètre trois, route de Saint-Jeannet, il tournait la tête vers la gauche pendant cent cinquante mètres, le temps de dépasser, située sur la droite, la Chapelle de Matisse encore en construction. Plus loin se trouvait le plus large et le plus généreux figuier de Barbarie de toute la région, alors en saison, vers la mi-août, il m'emmenait avec lui, emportant le gant matelassé de monsieur Mariano ou simplement un journal qu'il pliait en deux pour décrocher des figues qu'il ouvrait avec son petit couteau de poche. Les touristes visitant Djerba se laissent raconter qu'Homère a nommé le lieu l'« île des Loto-phages » et que les lotos sont bien sûr leurs figues : C'est parfaitement idiot. Tout à fait grotesque. Après un bref calcul on s'aperçoit que les Phéniciens, en fondant Carthage et colonisant Djerba, importent cette plante venant, quelques textes en parlent, d'Opuntios en Grèce quatre cent six ans APRÈS le passage d'Ulysse et de ses compagnons. Les Lotophages mangeaient simplement des dattes, inconnues jusque-là des Hellènes. Si vous passez par Djerba un jour, et si le guide vous raconte cette histoire de figues, giflez-le.

Quand les figuiers étaient nus ou en fleur on partait plus loin, vers le petit village où la route en ce temps-là était mal entretenue, ce qui coûta la vie au père de Danielle. Des herbes folles poussaient sur les bas-côtés, papa ramassait, toujours avec son journal, des poignées de chardons dont il aimait l'aspect, puis on rentrait chez nous, regardant ce coup-ci vers la droite pendant cent cinquante mètres au kilomètre trois.

Il n'y a nulle part, que je sache, de bouquets de chardons dans son œuvre. Rosa qui nettoyait l'atelier chaque matin devait les trouver indignes à côté des glaïeuls de madame Barrière et les balançait en pensant : « Monsieur ne peut pas peindre ça, ces fleurs sont tout juste bonnes pour les ânes... » Mais justement mon père aimait bien les ânes, il en a peint beaucoup et c'est sans doute pour ça qu'il cueillait des chardons.

Guillaume Apollinaire avait, à sa demande, trouvé un nom à un de ses tableaux, ça avait donné ça : « À la Russie, aux ânes et aux autres. » Comme Kostrowitzky était polonais et que son ami peintre était biélorusse, c'est-à-dire qu'ils étaient tous deux presque russes, il restait les ânes et les autres, les autres étant ceux qui jettent les chardons pour les remplacer par de vilains glaïeuls. Il faut imaginer toute la série des fleurs avec Saint-Paul ou Vence souvent en toile de fond, où n'apparaîtraient que des bleuets, des chardons et quelques branches de romarin en fleur, qu'est-ce qu'on a raté à cause de Rosa, mais que Dieu ait son âme.

Durant ces promenades on parlait de tout, de peinture bien sûr, mais surtout d'architecture. Comme il me voyait construire toutes ces cabanes il croyait sans doute que j'aimais vraiment ça, j'allais devoir rencontrer tous les architectes qu'Elle et lui connaissaient, et là c'était l'horreur, ils les connaissaient tous. Il m'expliquait aussi les travaux d'Einstein, l'espace courbe, les quanta, je n'avais que sept ans, je n'y comprenais rien, souvent des gens disent que les mathématiques sont de la poésie, moi je suis d'accord mais il faut un papa avec un accent russe pour vous les raconter, et n'avoir que sept ans route de Saint-Jeannet, bientôt « Henri-Matisse ».

On rentrait un peu tristes de ne pas rester ensemble un peu plus longtemps, sachant aussi qu'Elle allait nous gronder d'avoir mis tant de temps à nous promener, parce qu'il fallait qu'il travaille et qu'il ne restait qu'une heure avant le dîner. Alors on essayait de passer par-derrière, par chez monsieur Coulomb, le menuisier qui avait une bien jolie fille, une grande et belle rousse qui lui faisait du charme, espérant qu'un jour il ferait son portrait, qu'elle aurait sa photo dans le *Nice-Matin*, qu'elle pourrait gagner le concours de Miss Vence, et qu'alors...

Comme papa aimait le jeu que lui jouait la jeune fille il m'enjoignait d'aller visiter la scierie que j'avais vue cent fois, mais j'aimais le bois. Si mon père aimait les ânes moi j'aimais le bois, le parfum des copeaux, je reconnaissais l'odeur de toutes les sciures, celles des résineux, des épicéas, des sapins d'Oregon qu'on importait déjà, celle plus douce des noyers, celle plus âcre du chêne-liège, j'aime toujours le bruit de la scie qui mord d'abord l'écorce puis s'attaque à l'aubier, ce bruit qui change au fur et à mesure que le métal des dents se réchauffe en arrivant au centre du fût, j'aime les planches qu'on entasse, séparées par des blots quand le tronc en lamelles est reconstitué, et pourtant dès qu'on coupe un arbre ou qu'il en tombe un j'ai les larmes aux yeux, je déteste qu'on brûle trop de bûches dans les cheminées, longtemps j'ai cru que c'était par avarice et je m'en suis voulu, non, j'économise les bûches par amour pour les arbres mais personne ne me croit.

On rentrait tout penaud par la sente qui monte au Baou, d'en bas la jeune fille nous saluait longtemps du bord de la Lubiane, propre à cet endroit, du vieux pont en ferraille les gens balançaient comme toujours un peu n'importe quoi, des chiffons, des matelas, des frigos, des bidons, l'endroit était pourtant « Dépotoir interdit ».

Elle attendait debout sur le perron, les bras croisés comme une caricature, entourée de ses siamois teigneux. Lui allait directement chez monsieur Auguste qui travaillait encore à cette heure pour lui faire plaisir, et criait très fort :

« Auguste, voilà le chasse-pointes et les vis à têtes rondes que vous m'avez demandés...

– Ah ! Merci Monsieur, répondait Auguste en parlant plus faux que Jean-Pierre Léaud dans un film de Truffaut.

– J'ai oublié les clous, je les prendrai demain chez Coulomb, d'ailleurs je n'avais pas d'argent pour payer les vis...

– Bien Monsieur », hurlait Auguste, qui ne travaillait jamais avec des clous, trouvant ça dégradant.

Elle rentrait à la maison suivie par ses chats, ne croyant pas un mot de cette histoire de clous, mais il était l'heure de dîner et après le dîner il avait l'habitude d'aller travailler, il ne fallait surtout pas qu'il soit contrarié, un homme contrarié peint de mauvais glaïeuls et quand il est fâché se met à refaire des machins bibliques, des Moïse et des fuites en Égypte, difficiles à négocier, il lui arrivait même de peindre des Christ en croix, totalement invendables, pensez donc, qui, déjà, veut acheter un Christ en croix, et en plus un Christ en croix fait par un peintre juif.

L'archevêque de Nice, cinq ans après la guerre, avait décidé de marquer un grand pas vers le rapprochement des communautés et s'était annoncé aux Collines un après-midi. Toute la presse était là, une immense voiture noire a fait crisser ses pneus sur le gravier mis là pour cacher la misère d'un macadam usé. Grande agitation et flashes au tungstène, questions des journalistes criées à la cantonade, moi j'étais en train de jouer près de la balançoire quand Monseigneur est descendu, majestueux, de son automobile. Alexandre en tricot de corps est sorti d'un massif la serpette à la main :

« Je peux vous aider ?

– Nous sommes attendus par le Maître, veuillez annoncer l'Archevêque de Nice. »

Personne, ni le jardinier ni moi évidemment, n'était au courant, j'avais la rubéole et devais rester à l'ombre, mais Jean, papa et maman étaient au Cap-Ferrat en train de se baigner, ma mère est souvent distraite, elle avait oublié, il faudra attendre le pape Paul VI pour revoir de la part de l'Église un tel geste œcuménique.

*Le jardinier, les vignes
et les urnes venant de Tel-Aviv*

Si mon père se levait de bonne heure, Mariano était toujours debout bien avant le jour, affûtant ses faucilles avec dextérité, passant et repassant l'aiguisoir sur les lames, une pierre dure et oblongue qui porte un joli nom en patois provençal mais je l'ai oublié. Une fois procédé à cet aiguisage, avant de faucher quoi que ce soit, il préparait son casse-croûte de six heures, un pain coupé en deux, mouillé d'huile d'olive, garni de tomates et de grosses tranches d'oignon, le tout arrosé d'un bon litre de vin de la coopérative. Une de nos restanques était consacrée à la vigne. Une bien pauvre vigne dont les ceps étaient vieux, qui ne produisait plus que quelques seaux de grappes. Une vigne c'est beaucoup de travail. Pas couper les sarments en automne ou rafraîchir en mars, non, ça c'est amusant, enlever les gourmands en été vers sept heures quand le soleil se couche, que la sève redescend, c'est tout à fait plaisant, vendanger n'est pas trop fatigant sur une petite parcelle comme l'était la nôtre mais sarcler la terre autour des pieds l'hiver quand elle est plus dure que la pierre, ça c'est autre chose, la seule consolation c'est qu'en binant bien on trouve des escargots qui hibernent et ça fait des casseroles entières de gros gris qu'on cuisine à l'ail, ça empeste au moins jusqu'à Sisteron, mais c'est bon. Mariano promettait de faire des boutures, de tout rajeunir, mais il lui fallait d'abord s'occuper du jardin à l'anglaise appelé désormais « mixed-border », qui avait remplacé le portique d'Alexandre, où poussaient des lupins et des reines-marguerites, mais où on ne pouvait pas cueillir ne fût-ce qu'un dahlia, d'où ces infâmes glaïeuls arrivant rapidement dès que papa voulait peindre un bouquet de fleurs. Il y avait la toilette des trois cents cyprès bordant le chemin qui montait aux Collines, le partage des iris au printemps, le ratissage des allées, il y avait aussi l'entretien des ruisseaux serpentant dans les roches du haut de la montagne, du petit potager et de sa cressonnière, avec tout ça à faire il n'avait pas le temps de s'occuper des vignes. Quand venait le dimanche il allait jouer aux boules, changeant de boulodrome à chaque fois, un dimanche à Tourette, un autre à Coursegoules, mais Elle le retrouvait et prétextait toujours toutes sortes de choses à faire simplement pour lui gâcher son après-midi.

Il m'a beaucoup appris des arbres et des plantes, je sais faire des boutures et de petites greffes simples, mais il était le meilleur des écussonneurs de toute la région, et tout le monde à Vence faisait appel à lui : Il était parvenu, sur le pied de trois ans d'un petit citronnier, à faire pousser à droite un rameau d'oranges douces et à gauche des pample-mousses qu'on n'osait pas cueillir tellement on en était fiers, on les laissait tomber, mais quand c'est tombé c'est foutu, c'est pourri, ou bien déjà bouffé par ces crétins d'oiseaux. J'ai douze ans et j'aime bien les oiseaux, mais ils auraient pu aller picorer plus loin, tous les jardins du coin avaient des citronniers, per-sonne n'avait comme nous un citronnier triple. J'aurais bien habillé un épouvantail d'un vieux manteau à Elle, coiffant une ser-pillière d'un de ses chapeaux, ceux qu'Elle fabriquait à Londres quand Ida l'a trouvée et ramenée en France, mais Elle n'avait pas vraiment le sens de l'humour, bien qu'arri-vant tout droit d'Angleterre.

Mariano chaque été m'apprenait plein de choses, de bonnes et de moins bonnes : Bouturer les arbres, repiquer le cresson, jouer à la pétanque, tout ça c'était bien, mais faire des couteaux en bambous en les effilant dans le sens des nervures, c'est moins recommandé. C'était des couteaux aussi dangereux que ceux des samouraï, j'aurais pu éventrer un peu n'importe qui, des « freinets », des rivaux calabrais ou même des Caucasiennes, après on brûle son arme et ni vu ni connu. En bambou il m'a appris aussi à fabriquer des pipes, encastrant deux tuyaux, le fourneau plus grand, le tuyau plus mince, soigneusement évidé avec une tige bien droite de pousse de châtaigner, puis une fois la pipe montée, à bien sûr la fumer, en ramassant partout les mégots qui traînaient.

Il avait tant de tatouages, à l'époque c'était rare, et puis un revolver caché dans son armoire, il me l'avait montré, je pensais qu'il avait dû être légionnaire, mercenaire en Afrique ou quelque chose comme ça, pas seulement la doublure du jeune Fernandel. Il avait un visage étrange, mangé par un soleil qui n'était pas de Vence, le nôtre, même entre le Neptune et le Mogador, n'avait jamais buriné la peau de quelqu'un de cette façon-là, et puis chez les boulistes on l'appelait « Caporal », mais quoi qu'il ait pu faire je le regrette souvent quand je vois des arbres mal ou trop vite taillés.

Ça a fini très mal. Depuis quelque temps je voyais des hommes tous de noir vêtus, avec de grands chapeaux, des drôles de pantalons et de longs bas noirs, ressemblant aux amish qu'on voit à la télé. Ils arrivaient discrètement et à pied par la route de Saint-Jeannet, portant sous leurs bras de petites boîtes en bois, croisant parfois mon père qu'ils semblaient vénérer. Parfois ils échangeaient quelques mots en yiddish, je connaissais un peu cette langue étrange, suffisamment en tout cas pour la reconnaître, Elle et papa la parlaient quand ils ne voulaient pas que je les comprenne, un gamin de douze ans attrape une langue au vol en un ou deux mois, ils avaient déjà dû abandonner le russe. Les amish, à peine arrivés, cherchaient le jardinier auquel ils glissaient trois sous, puis ils partaient au fond du jardin et répandaient, un peu comme des semeurs, la poudre grise contenue dans leurs petites boîtes et disparaissaient comme ils étaient venus.

Un jour de sa fenêtre Elle a vu ce manège et monsieur Mariano a dû faire ses valises le jour même. Ces hommes étaient de faux hassidim venant vider les urnes de clients fortunés qui voulaient qu'on disperse leurs cendres dans le jardin du Maître. J'ai pensé qu'elle avait tort d'être ainsi fâchée, mais c'était sans doute de ne rien percevoir au passage qui l'avait rendue furieuse, papa trouvait ça drôle, et puis son jardinier touchait quelques pièces, il aimait vraiment bien monsieur Mariano.

Il n'allait jamais être remplacé. Le jardin anglais serait entretenu un mercredi sur deux par le fils des Barrière, et pour deux francs cinquante, alors il travaillait pour ses deux francs cinquante : L'homme arrivait saoul et s'endormait très vite à l'ombre de l'olivier, un grand sourire aux lèvres. Le reste des jardins sera laissé tel quel, livrées à elles-mêmes les vignes disparaîtront sous les ronces et les mûres, les fruitiers redeviendront rapidement sauvages.

Un permis de construire assassin sera un jour voté : On bâtira autour des Collines des blocs de quatre étages, tout le monde allait pouvoir regarder chez nous, alors Elle a acheté un terrain à Saint-Paul et fait construire très vite, ils allaient quitter Vence, s'installer plus loin, moi je n'y serais pas vraiment invité. Pour les grandes vacances en sortant de pension j'allais chez des familles en Allemagne, pour apprendre la langue, j'ai été à Cologne, sur le lac de Constance et à Bad Godesberg, mais plus jamais là-bas sauf pour un déjeuner avec ma sœur Ida, plus de dix ans plus tard.

Une leçon de peinture au Louvre

Papa s'était mis en tête de m'apprendre la peinture pour mieux m'en dégoûter. C'était un métier pourri que d'être un artiste, je savais heureusement construire des cabanes, je pourrais sans problèmes devenir architecte. Je recevais, contrairement aux garçons de mon âge qui ont pour Noël des ballons de football ou des panoplies, les œuvres complètes de Mansart ou de Le Corbusier. Pour mon anniversaire c'était *Le Bauhaus de 1919 à 1933* par Walter Gropius, ma bibliothèque, comme on voit, était spécialisée. Toute la communauté des marchands du Sentier construisait alors sur la Côte d'Azur, c'était la clientèle à laquelle On pensait, comptant bien assurer mon avenir. Lui ne s'est jamais vraiment rendu compte qu'il était un homme riche, m'apprenant par exemple à me moucher d'un doigt posé sur la narine, économisant un mouchoir, de petites choses comme

75

ça. Comme de visiter le Louvre le dimanche parce que c'était gratuit. Il trouvait les musées trop cher, il avait raison. Il voulait toujours qu'on édite des livres bon marché de son œuvre, « pour les étudiants », il avait dû souffrir en Russie de devoir renoncer aux ouvrages qu'il voulait. Chaque année il faisait une lithographie pour *Derrière le Miroir*, la revue éditée par Aimé, elle aussi bon marché, mais ces revues faisaient la joie des marchands et des spéculateurs, on trouve un peu partout ces lithos encadrées, à prix exorbitants, dont le pli intérieur a été repassé. « Ce n'est pas parce qu'il y a des gens malhonnêtes qu'il faut punir tout le monde » était l'avis sensé des deux hommes.

Je devais étudier la peinture mais surtout les peintres et leurs biographies, plutôt celles insistant sur leur pauvreté, leur misère récurrente et inéluctable. Il oubliait bien sûr de parler de Picasso, de Braque, de Dalí, oubliait les nouveaux, Buffet, Mathieu, de Staël, les Américains, Stella, Lichtenstein et déjà Warhol dont les limousines faisaient passer la Rolls d'Aimé pour une Fiat 500, ces gens-là avaient eu de la chance, voilà tout. On parlait plutôt de Soutine : Ce pauvre émigré était arrivé de Minsk en haillons, gelant à la Ruche, obligé pour survivre de voler de la viande rue de Vaugirard, presque laissé pour mort un méchant soir d'hiver après une bagarre avec des clochards qui en voulaient à sa pourtant maigre pitance.

Soutine, il est vrai, avait une vie pénible, mais ce que mon père décrivait comme une agression cachait une histoire plus cocasse, dont il avait, je crois, un peu honte : Lui travaillait nu malgré le grand froid qui régnait dans son atelier, comme il n'avait en fait qu'un seul jeu de vêtements il ne voulait pas les tacher en peignant. Le jeune peintre ukrainien achevait son grand *Bœuf écorché* d'après un modèle cru venant des abattoirs. Une carcasse de bœuf coûtait vraiment cher alors il voulait en faire plusieurs tableaux et bien sûr la viande s'était décomposée, peu à peu le rouge vif était devenu vert. Ne pouvant acheter un autre demi-bœuf il est retourné rue de Vaugirard chercher un seau de sang dont il a aspergé son modèle. Le sang a éclaboussé toute la pièce, est passé à travers les lattes du plancher et a dégouliné chez mon père qui est sorti tout nu dans la rue en criant : « Au secours, on assassine Soutine ! » La gendarmerie à cheval est arrivée dare-dare, Soutine est apparu sur le perron, mon père a prétendu ne pas parler français quand ils ont voulu l'interroger, par la suite il s'est enfoncé dans un profond mutisme quant à cet événement.

Il m'a fait grâce de la vie de Van Gogh, de celles d'Utrillo et Modigliani, contraints de brader toutes leurs toiles à d'immondes bistrotiers contre un verre de vin et nous sommes partis au Louvre qui était fermé pour cause de travaux. Dans une telle situation Elle aurait fait appel au conservateur, lui a simplement attendu que passe un gardien qui le connaissait, sans doute de l'époque de sa rétrospective, pavillon de Marsan. Le type lui a ouvert, lui donnant du « Maître », ce à quoi il répondait invariablement « Centimètre ». Les portes se sont ouvertes, j'étais habitué aux fastes, aux révérences, qu'on nous ouvre comme ça me paraissait normal, enfant je n'ai pas vraiment réalisé que je côtoyais de grands personnages, que l'homme avec lequel je faisais un dessin à deux mains au fond du jardin était Joan Miró, que le géant qui tordait pour moi des bouts de fil de fer dans l'atelier d'Auguste était bien Calder, quand j'ai compris tout ça c'était déjà trop tard, j'étais presque un adulte, les adultes, ils n'aimaient pas ça.

Le Louvre. Le Louvre pour nous tout seuls ! Il connaissait le musée par cœur et a réussi pendant une heure et demie à éviter tout ce qui valait la peine d'être vu, ne me montrant que des choses banales ou pompeuses, j'étais en effet un peu dégoûté. Puis il a craqué : Il voulait revoir les peintures de Poussin. Là il s'est assis sur une banquette au milieu de la salle, je me suis assis à côté de lui et on a longtemps regardé un des tableaux, puis il a tendu un bras devant lui, repliant sa main pour cacher le sujet, plutôt le prétexte du tableau, un tout petit machin vaguement mythologique, à sa demande je l'ai imité et là tout m'a semblé évident, la composition, les masses, les fameuses lignes de fuite, j'étais fasciné.

Quand le gardien a refermé les portes derrière nous en disant : « Au revoir, Maître », j'avais eu droit au cours d'initiation le plus bref, le plus dense, le plus intelligent qu'on puisse jamais donner, plus tard j'ai amené mon fils au Musée, essayant de faire la même chose, l'endroit était bondé, nous n'avions aucun recul et je n'avais pas pour raconter Poussin le millième du talent de mon « Centimètre ».

*La Rolls, le poète, Guiguite
et les glaïeuls*

Comme Aimé, son mari, Marguerite était née à Marseille. Elle aimait en ce temps-là qu'on l'appelle Guiguite et faire dans des chaudrons d'immenses bouillabaisses qu'elle cuisait à merveille, lui était le marchand mais surtout l'ami de mon père. Il aimait raconter qu'avant-guerre ils vendaient, sa Guiguite et lui, des pommes de terre au marché du port, que le propriétaire juif d'une petite galerie d'art lui avait en fuyant confié son commerce et qu'il s'était révélé si habile dans son nouveau métier que le type, revenu d'exil, lui avait laissé son affaire en gérance, il était, en montant à Paris, devenu l'un des dix plus grands marchands de son siècle. Ils aimaient recevoir autant les gens célèbres que le boulanger, les starlettes à la mode que la fille du facteur, les voisins que quelqu'un qui passait dans le coin, rarement par hasard, chaque dimanche il y avait au moins cinquante convives dont certains inconnus, des squatters de bouillabaisse dirait-on aujourd'hui. Le vin de leurs vignes, que j'ai goûté plus tard, n'était pas vraiment bon mais il coulait à flots, c'est là que le poète traversant son désert sans chéchia ni chameau, s'abreuvant aux puits de toutes les oasis, m'a offert ma première petite coupe de champagne. Je venais d'avoir treize ans, j'étais fasciné par ce monde magique où les filles étaient belles et les gens souriants, au collège les adultes ne souriaient jamais, les professeurs faisaient tout le temps la gueule, quand on sortait enfin pour les rares vacances, les gens dans la rue, le métro, dans le train, tout le monde faisait la gueule. Auguste venait me chercher à la gare, comme il détestait Nice, il faisait la gueule, j'arrivais à Vence, sur le pas de la porte Elle faisait déjà la gueule, il n'y avait que mon père qui me souriait, de son sourire de faune, j'aurais donné mille sourires pour un seul des siens.

Avec un stylo à bille, grand progrès pour l'époque, boudé par les snobs, carrément interdit dans beaucoup d'écoles, le poète a écrit un poème sur la paume de ma main, il s'est effacé après deux ou trois jours mais je m'en souviens bien :

Quand j'ai connu Nathalie
Véritable Attila
Ma barbe n'a plus poussé
Là où elle m'a embrassé.

Aimé aimait l'art, bien évidemment, mais aussi les jolies dames et aussi les bambous, il avait une passion pour tous les bambous. Il en plantait partout et venant de partout, des Indes, de Java, et même de Camargue auxquels personne ne pense parce que c'est trop près. Le poète m'a entraîné à travers une des jungles plantées dans le jardin en me faisant « chut » avec le doigt posé sur le bout de ses lèvres, à côté du mégot. Comme des chasseurs zoulous on s'est approchés de la grande piscine et là j'ai vu la chose la plus fascinante que j'aie jamais vue de ma vie : Une des petites starlettes en train de nager nue, à l'endroit, à l'envers, celle qui venait de faire la Une du *Nice-Matin* avec la petite robe en vichy bleu et blanc que tout le monde allait copier, quand je dis tout le monde, je veux dire le monde entier. Voilà qu'en un seul jour je découvrais l'ivresse que procure le champagne, un poème, même écrit au stylo à bille, et la beauté des femmes.

Nous étions toujours invités à partager ces joyeux déjeuners mais nous ne venions que très rarement, Elle aurait dû rendre un jour l'invitation. Auguste allait ranger la 403 sous les canisses derrière la maison où crânait une Silver Cloud blanche et décapotable. Si Elle passait devant, feignant l'indifférence, mon père en la voyant restait souvent perplexe. Il pensait que si son marchand avait une telle voiture avec ses quinze pour cent, il ne voyait pas pourquoi il se trimbalait dans une vieille guimbarde à peine digne du second du commissaire Maigret.

Lisant dans ses pensées Elle expliqua un jour que ses sujets bibliques, ses vieux juifs miséreux dans leurs shtetls en ruine, ses rabbins déprimants serrant de vieilles torahs dans des cases en rondins n'intéressaient personne et fichaient le cafard aux enfants de ces gens qui vivaient maintenant dans des appartements sur la Cinquième Avenue et plus dans les ghettos, que ça se vendait mal, ce que les gens voulaient c'était du bonheur, des couples d'amoureux et des bouquets de fleurs, qu'il était évident que s'il peignait comme ça, s'il pouvait faire des vues de Saint-Paul plutôt que de Vitebsk alors lui aussi il aurait une Rolls, plus tard il aurait bien sûr tout loisir de revenir à ses sujets bibliques, avec les rabbins, les rondins qu'il voudrait, mais que pour l'instant, vu l'état du marché, on devait s'adapter, c'est le fait des génies de savoir s'adapter.

Bon, s'est-il sans doute dit, Vence avec des fleurs, c'est facile à dire. Vence ça va, ce n'est pas trop connu, Matisse faisait déjà des découpages en s'installant ici, mais les fleurs c'est une autre histoire. Les iris, c'est pris, les tournesols c'est pris et bien pris, les nymphéas plus que pris, qu'est-ce qu'il reste, les roses, c'est ennuyeux à peindre et c'est kitch, quoi qu'on fasse ce sera toujours kitch, les fleurs des champs c'est beau mais c'est fragile, on a à peine le temps de les dessiner, il ne reste que les dahlias et les anémones. Là encore Elle a su lire dans ses pensées : Dès le lendemain des gerbes sont arrivées de chez les Barrière, de grands glaïeuls et des brassées d'œillets, pour les dahlias il fallait attendre, comme pour les anémones qui ne fleurissaient qu'à Pâques. Les glaïeuls n'ont pas plu à mon père, les œillets c'était pire, il se refusait à peindre des œillets, ça portait malheur, alors Elle a explosé :

« Qu'est-ce que c'est que cette histoire ! Aucune fleur ne porte malheur, regarde les Barrière, ils sont horticulteurs, ils vivent entourés de milliers d'œillets, où est le malheur ! » Les Barrière en effet zigzaguaient ivres morts sur les routes avec une chance inouïe.

Quand ma mère est partie au bout de sept ans, Ida sachant que son père ne pouvait rester seul lui avait présenté cette brune Caucasienne de très bonne famille, qui cousait des plumes sur des chapeaux pour dames chez une modiste à Londres. Il l'a sans doute trouvée douce et belle, belle, Elle l'était, mais douce, Elle cachait bien son jeu. Très vite Elle s'est révélée être une vraie Gorgone, allant jusqu'à faire murer la chambre de sa belle-fille qui se mordait les doigts de l'avoir importée.

C'était la fille des sucres B., les sucres de Stavropol, lui avait un problème, une monomanie vis-à-vis du sucre. Au Florian, à Venise, il donnait un pourboire et la pièce à l'orchestre mais raflait tous les sucres, j'avais un peu honte mais c'était mon papa. Dès qu'il a su qu'Elle était la fille du plus grand sucrier de toutes les Russies, il a tout de suite voulu l'épouser. Un jour il a dit à Ida qui me l'a répété : « Si mes parents voyaient qui j'épouse ! La fille des sucres B. ! Ils seraient fiers de moi... »

Si Elle n'était pas née au Caucase mais en Russie, la péquenaude, elle aurait su que làbas les œillets portent malheur. Beaucoup de

superstitions viennent du monde du spec-
tacle : À l'époque tsariste les messieurs visitant les loges des danseuses et des comé-
diennes n'offraient des œillets qu'aux petites
débutantes, on offrait des roses à l'Étoile du
ballet, à la Prima Donna, et quand elle rece-
vait à nouveau des œillets c'était que sa car-
rière touchait à sa fin.

Mon père a peint des glaïeuls, des glaïeuls
et encore des glaïeuls, mais la Rolls n'est
jamais arrivée. Il a peint comme ça des
dizaines de bouquets, roulant en 403, Aimé a
vendu sa Silver Cloud, tout le monde en avait
une, il a pris une Bentley, Marguerite n'a plus
voulu qu'on l'appelle Guiguite, elle a perdu
l'« accent », quelques années plus tard les
Barrière sont tombés à leur tour au fond d'un
ravin, zigzaguant une dernière fois sur la
route de La Colle, leur camionnette bourrée
de brassées d'hortensias.

Un plafond à l'Opéra

Vers les années soixante le ministre premier de la Culture française demanda à mon père de faire un plafond pour l'Opéra Garnier, il avait accepté à la seule condition que ce soit démontable. Alors il a fait le plafond en quartiers, un peu comme les découpes d'un immense brie de Meaux, réalisé sur châssis et monté sur place. Comparer ce célèbre plafond, le plus célèbre au monde après la Sixtine, à un, même immense, brie de Meaux, est bien sûr osé, mais ayant assisté à la mise en place et à l'assemblage de l'ouvrage c'est l'expression qui me semble être la plus proche de la réalité, avec la tarte aux pommes et la pizza en parts.

Au soir d'inaugurer ce plafond superbe, le général de Gaulle allait faire le trajet depuis l'Élysée et tout le monde devait s'installer dans la loge qu'on réserve normalement aux seuls chefs d'État. Consciente de l'impor-

tance de cette cérémonie Elle avait cassé sa
tirelire et envoyé mon père s'acheter une chemise. Toutes celles qu'il avait semblaient
sortir tout droit d'une boutique canadienne,
elles étaient « carreautées » comme on dit là-
bas, c'est-à-dire à carreaux, pas vraiment des
chemises de gala, plutôt pour la campagne,
on pardonne presque tout aux artistes même
chez les militaires mais Elle pensait qu'il fallait faire là un minimum d'effort.

Nous voilà partis, mon papa et moi, vers
les magasins parce qu'à moi aussi il en fallait
une. Le Président se déplaçait rarement, on
ne pouvait pas avoir l'air de moujiks, bien
que l'étant tous deux, fils et petit-fils de
manœuvre à Vitebsk, dans un entrepôt de
séchage de harengs, mais comme il le disait,
on avait la chance d'être accompagné par
Elle, la fille des sucres B., les plus grandes
sucreries de toutes les Russies, très grande
bourgeoisie, juive, mais grande bourgeoisie.

Nous passons devant les boutiques présen-
tant des chemises à la mode, pour les adolescents de l'époque c'était les cols ronds avec
une barrette maintenant la cravate, j'en vois
une superbe mais le marchand était posté
devant sa porte et mon père, de façon pé-
remptoire, avait décidé que les boutiquiers
qui se tenaient comme ça, devant leurs ma-

gasins, ne pouvaient être que de mauvais commerçants sinon ils seraient dedans et en train de vendre. Alors on est partis rue de Rivoli, mais rue de Rivoli, c'était partout pareil : Tous les boutiquiers se tenaient comme ça, pas parce qu'ils étaient de mauvais commerçants mais parce qu'ils attendaient l'arrivée de la course Paris-Bastogne-Paris ou bien les majorettes de Bad Godesberg, quelque chose comme ça, mais lui en tout cas n'a rien voulu savoir.

La garde républicaine faisait la haie d'honneur de chaque côté des marches quand mon père a monté l'escalier en veste et chemise d'un très beau bleu foncé, le col serré d'un papillon souple et fuschia, cadeau de Max Jacob peut-être, qui portait les mêmes sur les photographies. Papa était assis près de madame de Gaulle, d'une élégance discrète, avec l'habit à queue-de-pie du Président, ces rouges et ces dorures, avec Elle tout en noir, de mainate en corbeau, ça avait, comme on dit, vraiment beaucoup de gueule.

Moi j'étais parqué en haut du poulailler, j'avais réussi à me faire offrir une chemise à la mode, à col rond, qu'il avait négociée, on était dans un quartier où pour qu'on vous respecte il fallait négocier. C'était une belle chemise, le nom du magasin « À la toile d'Avion » avait dû lui paraître un gage de qualité, une barrette maintenait la cravate en tissu écossais comme celle que tous les jeunes de mon âge portaient le samedi devant le Drugstore des Champs-Élysées que je ne fréquentais pas, j'allais au Golf Drouot, nettement plus rock and roll, surtout beaucoup moins cher.

La soirée fut un immense succès. Par la suite, en s'en souvenant il représentera souvent la façade de Garnier dans ses tableaux d'alors, il était sensible aux honneurs, mais ce soir-là, j'imagine, fut un des plus grands, des plus beaux de sa vie, il pensait sûrement à ses parents comme moi j'ai pensé à lui, saluant à l'Olympia le soir de mon gala unique d'il y a quelques années.

Inutile de dire que le dernier sourire adressé au dernier personnage important, Elle monta dans la limousine, passa rue Montaigne pour rendre la robe à Dior qui la lui avait prêtée, réveillant la concierge, renvoya la voiture, nous faisant la gueule pendant dix jours au moins. Personne apparemment ne se souvenait des fameux sucres B.

Le plafond, si vous ne le connaissez pas, est une ronde d'allégories, du chant, de la danse, de la musique bien sûr, chacune d'elles étant traitée en couleurs différentes. Pour en faire les maquettes il fallait alors des fonds et pour colorier ces fonds on fit appel à moi, un été de vacances aux Collines. Comme l'histoire des feuilles qui s'envolent ne marchait plus vraiment il avait inventé le tiroir « ski-nautique ». Le tiroir ski-nautique était ainsi nommé parce qu'un jour, voulant en faire un tour, j'avais été La voir pour avoir de l'argent.

« Combien ça coûte ? avait-elle demandé.

– Sept francs le tour.

– Alors c'est très simple : Comme tu reçois un franc chaque jour pour t'acheter une boisson tu boiras de l'eau et ça pendant sept jours, il y a un robinet près des douches du Neptune, au bout de ces sept jours tu auras tes sept francs et tu feras ton tour. »

Lui, en entendant ça, m'avait amené à son atelier et, ouvrant un tiroir, m'avait fait découvrir des centaines de pièces, il n'aimait pas avoir de monnaie dans ses poches alors il les vidait dans ce grand tiroir.

« Quand tu as besoin de sept francs, tu les prends, mais pas un de plus ! Tu prends ce dont tu as besoin, un objet à trois francs vingt, tu ne prends que trois francs vingt, il n'y a que toi et moi à connaître ce tiroir, si tu prends quatre francs au lieu de trois francs vingt, il se fermera. » Un jour j'ai triché. J'ai pris vingt-six francs pour offrir à Danielle un petit chemisier qui en valait quinze, en effet le tiroir s'était refermé. Je me suis longtemps demandé comment diable il savait le prix d'un chemisier.

Puis il a commencé un tableau gigantesque. Un hommage au cirque de huit mètres sur cinq, je n'ai jamais su les mesures exactes, parfois il coupait les bords ou rajoutait des bandes, mais il aimait à peindre des toiles démesurées. Cet homme assez petit avait une force inouïe. Il a peint tous les jours que Dieu fait et toujours debout, presque jusqu'à cent ans, je me suis effacé devant lui en passant à table vers la fin de sa vie, un dimanche à Saint-Paul, il m'a poussé d'une main tellement ferme que j'ai failli en perdre mon équilibre.

Dans le fond à droite sur sa grande esquisse il avait prévu un grand à-plat bleu. Il voulait y mettre un tas de personnages et comme d'habitude il trouvait fastidieux de couvrir de peinture deux bons mètres carrés alors il m'a demandé de préparer le fond. Je commençais à comprendre que n'importe qui aurait payé pour avoir ma place, alors j'ai mis presque une journée à le peindre, travaillant lentement, sensuellement, m'imprégnant de l'odeur enivrante de la térébenthine, je soupçonne les peintres de s'asperger le soir de térébenthine comme d'autres d'un aftershave, ça attire les jeunes filles que fascinent les artistes. Une journée de bonheur, suivie d'une épouvantablement longue semaine à tâter la peinture au moins dix fois par jour. Le matin arriva où la couleur fut sèche. Alors il a préparé des fusains, les tenant dans son poing comme un petit bouquet, il s'est assis dans un large fauteuil en paille et a regardé longuement la tache bleue en plissant les yeux et se pinçant les lèvres comme il le faisait souvent quand il se concentrait. Il attendait l'idée. Picasso disait, peut-être avec humour : « Je ne cherche pas, je trouve », « Moi j'attends », répondait mon père très faux-modestement. Je l'ai souvent vu qui fixait une toile blanche, un carton, une feuille vierge, il prenait un de ses fusains et le cassait en deux, le tenant dans la main, parallèle à son pouce. Alors il commençait. Et tout allait très vite. Remontant le charbon à mesure qu'il s'usait en le faisant glisser avec les autres doigts, il traçait des lignes droites, brisait des arrondis, carrés, losanges, ovales, y trouvaient une structure, des appuis, de cette fausse incohérence naissait une harmonie, un clown apparaissait, un jongleur, un cheval, un oncle violoniste, les spectateurs criaient et les jongleurs jonglaient, les ronds devenaient des balles, les cercles des cerceaux, par l'enchantement des seuls traits de fusain un cirque tout entier s'était mis à vivre. Alors à reculons il allait se rasseoir, épuisé sur son fauteuil en paille, les bras ballants comme un boxeur à la fin d'un round.

Si vous passez un jour devant le tableau, ayez une pensée pour le tâcheron le plus fier du monde d'avoir participé, même si on ne voit plus beaucoup son fond bleu, à une des œuvres majeures de ce siècle qui allait s'achever sans son magicien quelque trente ans plus tard.

L'île Saint-Louis,
les pullmans et les restos populaires

Mis à part les décors pour Igor Stravinsky qu'il a réalisés aux États-Unis où il vivait alors, quand il acceptait des commandes gigantesques comme les fresques du Met ou les tableaux jumeaux qui décorent la Knesset, toutes ces œuvres, il les peignait chez lui. On transportait les toiles roulées dans des cartons, on ne les montait sur châssis qu'à leurs places d'accrochage, tout comme le plafond du Garnier, il ne venait qu'une fois les rouleaux assemblés, c'est toute l'idée bien sûr de la peinture sur toile. Quand il a commencé à faire des vitraux pour Jérusalem, il travaillait à Reims mais il avait besoin d'avoir un atelier et Vence était trop loin. Le train bleu à l'époque était très confortable et il adorait quitter la gare de Lyon assis devant les lampes aux abat-jour roses du wagon-restaurant, un beau wagon-pullman bleu marine orné d'une ligne d'or, à l'anglaise, avec des panonceaux « Paris-Vintimille » accrochés à chaque porte, il aimait l'odeur des gares, mélange de vapeur d'eau et de papier brûlé, même si depuis longtemps tout était électrique, l'odeur par miracle était restée la même. Mais quand il travaillait, il trimbalait toujours un tel matériel qu'il lui était impossible de prendre le train, Auguste et la voiture devenaient trop vieux pour ces allers-retours, il en avait assez des voyages incessants, alors ils ont acheté un appartement sur les quais de Paris qui s'ouvrait sur le nord, les peintres aiment bien le nord et sa lumière diffuse. C'était un très bel appartement, tout l'étage d'une maison, au second et sans ascenseur, déjà presque haut pour mon père à l'époque, ce 13 quai d'Anjou, à deux pas de l'hôtel Lauzun qui pendant très longtemps est tombé en ruine, la mode étant à un Paris nouveau, fait pour l'Automobile, une idée ridicule de Monsieur Pompidou qui a défiguré la moitié de la ville.

La vue était splendide, sur la rive droite des saules se penchaient vers la Seine, des péniches passaient sous le pont Sully, c'était aménagé de façon très sobre, tout était blanc à part les planchers et les rares meubles rares, Elle avait, comme on dit, un goût vraiment vraiment sûr. Et puis patatras, c'est partout le carnage, c'est la tour Montparnasse, Eiffel comme mon père faisait du démontable, les pompidoliens veulent du définitif, on creuse sous les Halles un trou qui restera simplement un trou pendant bien dix années, personne ne sait qu'en faire, on y tourne même un film avec des Indiens, on démolit tout devant le quai d'Anjou pour construire la « Maison des artistes », des ateliers qu'on prête à tous ceux qui promettent de ne pas encombrer les musées nationaux, on détourne les péniches pour remplacer l'ancien pont qui reliait l'île Saint-Louis à celle de la Cité, couronnant le tout on fait les voies sur berges tout le long du fleuve, on arrache les saules, on cimente, on asphalte, deux mille voitures-heure, c'est la voie Pompipon juste en face de chez eux. Elle en devient malade. Les docteurs parlent du foie, les mauvaises langues diront, paraît-il, qu'alors j'ai envoyé des boîtes de chocolats anonymes, c'est une pure calomnie.

Nous étions enfin seuls aux heures des repas, mon papa et moi, quand je venais les voir un week-end sur deux, le rythme des sorties à mon affreux collège. Le premier jour on s'est dirigés vers le Beaujolais, un restaurant qu'on aimait bien. Pour vous faire patienter ils amenaient une sorte de potence où pendaient toutes sortes de saucissons secs, nous adorions le saucisson sec. On s'est attaqués à la petite potence, le patron n'avait pas l'air inquiet qu'il avait d'habitude : Elle n'était pas là. Pas à cause des saucissons, Elle n'en mangeait pas, mais Elle emportait les nappes en papier sur lesquelles lui dessinait, il avait toujours dans sa poche un ou deux crayons gras qu'il sortait facilement. Entre une rosette de Lyon, une ficelle de Corrèze, un salami des Abruzzes et un ou deux dessins facilement vendables au bouquiniste en face, le choix du patron était fait. Elle, après avoir payé, pliait soigneusement la nappe usagée et la fourrait dans son sac. Aujourd'hui enfin, Elle n'était pas là, lui n'aurait pas l'audace d'emporter la nappe puisqu'il la réprimandait toujours de le faire, empochant par contre tous les sucres. C'était donc le bon jour et le sourire de l'homme s'élargissait en même temps que le dessin. La salière était devenue un phare au milieu d'un océan houleux peuplé d'animaux et de poissons-sirènes, c'était absolument magnifique, l'homme en avait la bave aux lèvres, ce qui agaça fortement mon père, alors il m'a tendu un de ses crayons gras, me proposant de me joindre à lui. J'ai fait un bateau avec de la fumée sortant par la cheminée, puis un autre avec un capitaine, une tête de Mickey près de la sirène, bref en quelques minutes tout était fichu, bon pour la poubelle, j'étais grillé pour toujours chez monsieur Beaujolais.

Parfois on traversait la Seine vers la rue des Rosiers, il aimait la viande fumée et les malossols, toutes ces choses qu'on mange en Europe centrale et qu'on peut trouver là, mais d'après lui il n'y avait que Benny's à Brooklyn, et Brooklyn ça faisait un peu loin. Alors on allait dans un bistrot populaire rue Saint-Louis-en-l'Île, fréquenté surtout par des ouvriers, qui faisait un plat du jour toujours très correct, mais jamais il n'aurait osé l'emmener Elle dans un tel endroit. C'était plein à craquer, des maçons, des peintres en salopettes prenaient le pousse-café au comptoir où nous attendions que se libère une table. Le menu était affiché à la craie sur un des miroirs, ce jour-là c'était une blanquette de veau. Papa portait une veste en velours et un béret serré comme celui d'Auguste avec bien évidemment une chemise à carreaux. On ne dépareillait pas du tout dans le restaurant où, très vite, on avait trouvé à s'asseoir. Les deux ouvriers à la table à côté ont regardé les mains de papa, tachées de couleurs diverses, ces mains dont il disait souvent qu'elles étaient imprégnées jusqu'à l'os. Il avait alors plus de soixante-dix ans, mais avec son allure énergique et l'impression de puissance qui émanait de lui, il pouvait très bien passer pour un peintre en bâtiment.

« Vous avez un chantier dans le coin ? demanda l'un d'eux.

— Je refais un plafond à l'Opéra », répondit mon père, attaquant son œuf dur mayonnaise.

Les bombes, le rabbin
et les mauvais sandwiches

Les bombes sautaient partout dans Paris et de Gaulle voulait la sienne pour quitter l'Otan et venger l'affront essuyé à Yalta, l'Algérie française devenait algérienne avec les accords d'Évian, il a gardé Reggane, fait péter son pétard, fait la nique à Churchill, Roosevelt et Staline qui s'en fichaient pas mal, ils étaient déjà morts.

Ça sautait partout. Surtout dans le neuvième où j'étais logé, chez les parents de mon ami Gérard, rue Taitbout. Un soir le téléphone a sonné, c'était Elle. D'après la Panthère Noire mon père voulait que je fasse ma bar-mitsva, la première communion des israélites. Il en avait parlé au grand rabbin Kaplan, il fallait me dépêcher d'apprendre l'hébreu. Nous avions, Gérard et moi, rendez-vous chez lui le samedi à midi pour célébrer shabbat, interdit de sonner à la porte, on ne sonne pas aux portes les jours de shabbat, on devait crier de la rue, quelqu'un viendrait ouvrir, qui n'était pas juif, alors il pouvait, lui, ouvrir toutes les portes, contrairement à l'idée reçue.

Mon père n'était pas vraiment religieux. Il avait souvent maille à partir avec les orthodoxes parce que dans ses tableaux il représentait la personne humaine créée à l'image de Dieu et qu'il est interdit, comme on sait, de Le représenter. Quand j'ai voulu offrir un de ses bas-reliefs à la vieille cité de Jérusalem, ils ont installé tout autour de la pierre un affreux plexiglas, m'expliquant qu'on risquait des jets d'encre, les intransigeants de tous bords sont des gens dangereux.

Papa lisait la Bible chaque nuit avant de s'endormir et l'a superbement illustrée, se disant que si Dieu lui avait donné le talent de tout peindre, il pouvait tout peindre. Il ne m'a emmené dans aucune synagogue et disait : « Parlons donc au Patron plutôt qu'à ses marchands. » Le grand marchand Kaplan c'était une idée à Elle, qui espérait sans doute que je saute sur une bombe d'« activistes », comme on nommait alors les gens de l'O.A.S., ça avait déjà sauté trois ou quatre fois chez le vieil homme du culte, ou bien des religieux achetaient à nouveau sur la Côte d'Azur, toujours cet espoir de me voir devenir architecte, je n'osais pas avouer que ce que je voulais c'était jouer du jazz. Papa aimait Mozart mais il devait quand même aimer un peu le jazz puisqu'il aimait Trenet, il le lui avait dit dans un aéroport, un jour que les deux hommes s'y étaient croisés, Trenet chantait parfois comme un chanteur de jazz.

Vers onze heures du soir le Premier ministre est apparu à la télévision, l'air hagard, mal rasé, expliquant aux citoyens que quatre généraux s'étaient emparés du pouvoir outre-mer, et qu'ils allaient débarquer, suivis par la troupe, cette nuit-là à Villacoublay, l'aérodrome militaire en région parisienne. Il voulait qu'on descende dans la rue armés de n'importe quoi, de bâtons, de couteaux, vraiment de n'importe quoi, mais il nous fallait défendre la Nation.

Nous voilà donc, Gérard, son père et moi en bras de chemises, défendant la Nation, brandissant des couteaux de cuisine qui n'auraient pas pu trancher un concombre. Ce soir-là commença le plus grand désordre jamais vu dans Paris depuis les journées de la Libération. Des voitures allaient vraiment dans tous les sens, surtout les interdits, autant en profiter, une guerre civile, c'est vrai, n'arrive pas tous les jours. On courait dans les rues, munis des objets les plus hétéroclites, on a vu des fourches, des hachoirs, des perceuses à manivelles, des démonte-pneus, des rateaux et des pelles, c'était n'importe quoi mais la population avait obéi. Les cafés avaient bien sûr rouvert leurs portes et tout le monde s'était réchauffé avec des alcools forts, finissant par s'endormir sur les banquettes en skaï. Un coup de carabine est parti par erreur et nous a réveillés avec la gueule de bois, nous rendant à l'évidence : Personne ne s'était posé à Villacoublay, ni général félon ni soldat renégat, en fait l'armée française, fidèle à Massu et surtout à de Gaulle, était sagement restée dans ses cantonnements.

Le samedi suivant, habillés en « dimanche », mon copain et moi nous nous présentions devant chez Kaplan, maudissant les généraux d'avoir raté leur coup. Ça nous aurait arrangés et puis aujourd'hui ce serait assez drôle, nous aurions en France un président arabe : Ayant changé la Constitution, de Gaulle savait bien qu'il devrait négocier entre autres le droit de vote pour les Algériens en échange de l'arrêt immédiat des combats. Ils l'auraient obtenu. Après Vichy, Évian, l'eau minérale a joué un rôle important dans la vie de cet homme, je le dis souvent. Bref, les Maghrébins, majoritaires dès la fin du siècle, votent pour un des leurs, élu haut la main, le 14 Juillet les Gnawas berbères volent la vedette à nos légionnaires, à la garden-party qu'on donne à l'Élysée on sert des cornes de gazelle et des dattes fourrées, voilà le Tout-Paris devenu lotophage.

On avait entassé des tonnes de sacs de sable tout autour de l'immeuble du rabbin, des gardes mobiles montaient très sérieusement la garde. Gérard et moi étions passés trois fois devant la porte cochère, trop intimidés pour nous arrêter, puis prenant notre courage à quatre mains nous avions crié mollement : « Monsieur Kaplan, c'est nous », en direction du premier étage. Les gardes mobiles s'étaient rapprochés, les fusils d'assaut pointés vers deux jeunes gens forcément suspects malgré leurs treize ans, la gorge d'autant plus nouée qu'ils portaient des papillons vraiment ridicules, assortis à leurs kippas, rouge pour lui, bleue pour moi, la mère de Gérard avait pensé à tout. Le gardien était enfin sorti et nous avait menés à notre hôte, d'autres sacs de sable doublaient l'appartement presque à hauteur d'homme, on aurait dit une tranchée du chemin des Dames. Des bougies brûlaient çà et là, c'était impressionnant, Kaplan, chapeauté de noir portait le talet, l'écharpe de prière. Il nous a brièvement salués, le gardien nous a aidés à nous laver les mains, ouvrant et fermant les robinets, rien de mécanique ne doit être manipulé. Un jour à Tel-Aviv dans le hall d'un hôtel j'ai vu un « Shabbat Lift ». J'étais intrigué alors je l'ai essayé, c'est seulement un ascenseur qui monte et qui descend pendant vingt-quatre heures, s'arrêtant automatiquement à tous les étages, ouverture, pause, fermeture, pause, ouverture, fermeture, si vous avez oublié quelque chose dans une chambre au cinquième, comptez un bon quart d'heure.

Nous étions entrés dans la salle à manger, sur la table éclairée par la menora, le grand chandelier à sept branches, tous les plats du déjeuner, de l'entrée au dessert étaient déjà posés sur la table. Après une longue et poignante prière en hébreu ce fut un verre de schnaps à quatre-vingt-dix degrés, et alors le black-out total. Je me souviens seulement qu'en sortant de là, au bar le Balto près de la Trinité, nous avions, afin de dessaouler, commandé sans malice ce qu'il y a de moins casher au monde : Deux immenses jambon-beurre. Le gardien devait boire un demi au Balto, il a dû en parler à Kaplan qui nous a dénoncés, ces deux jambon-beurre, à son avis à Elle, c'était simplement de la provocation, fini la bar-mitsva, j'irai en enfer à cause d'un verre de schnaps et d'un mauvais sandwich, mais que voulez-vous, enfreindre un peu la Loi tout en restant sincère, parler au Patron plutôt qu'à ses marchands, ça doit être atavique, alors pourquoi s'en faire.

Un collège, une Pontiac,
Rimbaud et Baudelaire

Gérard, compagnon d'infortune, était lui aussi au collège du Moncel. C'était une pension quasiment militaire implantée sur le terrain d'une ancienne usine, la manufacture d'Oberkampf, le créateur de la toile de Jouy. Léon Blum y était curieusement enterré, ainsi que d'autres gens dont le nom était inscrit sous les deux drapeaux, celui pour tous les jours et celui du dimanche, un monument aux morts rarement fleuri, aux dorures effacées et tout couvert de mousse.

C'était un bel endroit, planté de beaux arbres, il y avait un grand parc, une piscine d'eau saumâtre et deux courts de tennis qu'on montrait aux parents mais qu'on n'employait pas pour des raisons obscures. Le mot d'ordre était « *Mauvaise graine, vous finirez chez Renault* ». Moi j'aimais les voitures, et finir chez Renault plutôt que de croupir dans cette pension sinistre m'aurait assez séduit, d'autant plus qu'un copain, un élève de première qui avait été trouvé se vautrant dans le stupre et les buissons de buis en compagnie d'une des jolies filles du village, avait été aussitôt renvoyé. On avait réuni toute l'école au pied du monument à la guerre de Quatorze, le drapeau du dimanche, devant lequel étaient dites les choses importantes, le directeur, portant col et cravate alors que d'habitude il ressemblait plutôt aux bûcherons vaudois sortant d'un carnotzet, avait déclaré : « *Messieurs, votre camarade travaille désormais chez Renault* », j'étais content pour lui.

Nous étions réveillés à sept heures du matin par d'horribles sirènes datant de l'autre guerre qu'un tortionnaire nazi avait dû mettre au point, le « Château », bâtiment principal, avait été jadis le quartier général de l'armée allemande. Au bout de la pelouse qui servait surtout de terrain de foot il y avait un blockhaus terrifiant, l'endroit est devenu pendant quelque temps une Fondation très chic, mais l'horrible blockhaus n'a pas bougé d'un pouce. Partout dans le parc on trouvait des douilles, de vieux fusils rouillés et des baïonnettes, l'endroit avait dû être le théâtre de violents combats. Est-ce ces bâtiments autour du Château, agréablement nommés, la « Source », le « Chalet », l'« Ermitage » où on avait torturé tant de résistants, qui avaient donné l'idée au directeur suisse d'instaurer une discipline presque gestapiste, aucun collège chez lui n'aurait accepté ce genre d'éducation, le type avait certainement dû s'exiler pour pouvoir assouvir ses penchants nazis, on trouvait même *Mein Kampf* à la bibliothèque. Une journée se passait à peu près comme ça : Après les sirènes tout le monde s'habillait. Il y avait les douches une fois par semaine mais tout le monde était sale, les lavabos n'avaient qu'un seul robinet, celui de l'eau froide, personne dans ces vieilles bâtisses sous-chauffées n'avait envie de même se débarbouiller. Brosses à dents inconnues et chaussettes pour le mois, ça ne choquait personne, il faut dire qu'à l'époque toute la France était sale. Rassemblement devant le drapeau de semaine, présentation et montée des couleurs, pour les veinards appel à l'infirmerie où la nurse avait fait Diên Biên Phu, les piqûres et les soins étaient un peu virils mais moins que ce que devaient subir tous les autres. C'était le « tour de parc », une sorte de cross-country, été comme hiver, avec le ventre vide, véritable calvaire. On arrivait en sueur au petit déjeuner, avalé vite fait, dix minutes en tout, ceux qui savaient courir un peu mieux que les autres avaient droit au pain frais et aux portions de beurre, moi j'étais à la traîne, malgré mes raccourcis j'avais du café tiède et du pain rassis, je n'ai jamais vraiment aimé la course à pied. Il fallait faire les lits avant la sonnerie indiquant que les cours allaient commencer, mais la sonnerie, même vilaine, comparée aux sirènes c'était de la musique. Ces cours étaient donnés par des professeurs las, ayant tous dépassé l'âge de la retraite, quand j'ai voulu entrer dans un lycée plus tard, j'ai été, après concertation, « autorisé » seulement à redoubler ma classe. Ce collège en plus coûtait assez cher. Elle avait dû chercher une pension bon marché mais à l'époque ces établissements étaient tous aux mains du clergé, pas question d'accepter un enfant sans baptême. Après quelques cours longs et souvent un peu tristes on avait droit à un solide déjeuner, trois cents au réfectoire dont certains affamés, ceux qui couraient moins vite pendant le « tour de parc ». La cuisine était bonne à midi parce que les professeurs mangeaient avec nous, le soir, eux partis, c'était tout autre chose. On repartait en cours, et de cours en étude, tout ça marchant au pas, tous les déplacements se faisaient au pas et toujours en groupe, pour marcher tout seul d'un endroit à un autre il fallait une dispense notée sur un coupon. Étude jusqu'à sept heures, dîner et « bâtiment », c'est-à-dire dortoir. Alors ça commençait : À neuf heures inspection, tout le monde au garde-à-vous, et là les « aspirants » entraient enfin en scène, élèves plus anciens et vaguement gradés selon une tradition britannique venant de la Marine ou des colonies qui consiste à donner un peu d'autorité aux enfants plus âgés. Tous les enfants qui ont un pouvoir sur les autres sont pires que les adultes, ils deviennent cruels, multipliant les brimades et les punitions. Ils « viraient » les lits, défaisaient les armoires, renversaient les tiroirs des tables de nuit, il fallait tout ranger en quelques minutes. Si tout n'était pas remis à sa place, ça recommençait, plus les pompes par dizaines et les gifles données, aussi au garde-à-vous, les types très forts en sport ou bien très forts en math, qui prêtaient leurs devoirs, ceux qui ramenaient beaucoup de confiseries après le week-end et qui les partageaient avec ces kapos avaient bien sûr droit à d'autres traitements, je n'étais bon en rien, quand bien même je l'aurais été, je n'aurais pas marché dans ce navrant chantage. Les aspirants partis on s'endormait enfin, bien qu'un dortoir d'enfants pleurant en silence ça fasse beaucoup de bruit.

Le photographe belge était tombé malade,

de ce qu'on appelle sottement une « longue maladie », le pauvre homme a traîné son cancer pendant onze années. Entre-temps il m'avait appris le solfège, il était aussi excellent musicien, il avait été, à Bruxelles, le premier directeur du Palais des Beaux-Arts. Si papa aimait Mozart, Charles, lui, aimait Wagner, quant à Virginia elle me faisait entendre du Duke Ellington, j'ai une culture musicale assez éclectique mais une préférence pour le big band du Duke, mon rêve était de jouer comme Cootie Williams, le premier trompette au sein de cet orchestre, j'avais même demandé à Guiguite, qui à chaque Noël me faisait un cadeau, d'avoir une trompette, une dorée, celle en si bémol, les argentées sont en do et faites pour le classique, pour Mozart ou Wagner, mais c'est la même chose, je l'écrirai plus tard :

Qu'on soit Mozart ou John Coltrane
C'est toujours le même vieux blues qu'on traîne..

Se sentant partir Charles a voulu un jour retourner en Belgique, alors avec maman ils ont déménagé. Moi je suis resté là, dans ce collège idiot que les autres enfants supportaient un peu mieux parce que chaque dimanche ils voyaient leurs parents et qu'un week-end sur deux ils rentraient chez eux. Chez moi c'était trop loin pour un simple week-end, que ce soit à Bruxelles, que ce soit à Saint-Paul, alors je ne voyais ma famille que tous les trois mois, à Noël et à Pâques, puis plus rien jusqu'aux grandes vacances. J'allais chez les parents de mon ami Gérard, qui étaient adorables, mais même des gens gentils ne remplacent pas vraiment une famille. De ces six années de collège je n'ai pas plus de deux souvenirs agréables, la visite un dimanche de ma demi-sœur Jean, venue en train avec des sandwiches, et puis celle, vraiment rare, d'Aimé et de papa, arrivés en Pontiac au milieu d'une semaine, ce qui en temps normal était interdit, mais le directeur, bluffé par la faconde du marchand de papa et le sourire du faune, avait en fin de compte donné son accord pour que les deux hommes m'enlèvent à mes études.

Quand papa et Aimé étaient seuls tous les deux, ils se conduisaient comme deux adolescents, riant à tout propos, si contents d'être ensemble, loin de leurs épouses et de leurs tracas, peut-être même aussi loin de leurs tableaux, les vacances pour un peintre et pour son marchand c'est peut-être simplement de s'asseoir en face d'un mur blanc. Nous sommes d'abord allés déjeuner. Ils avaient un solide appétit, je me souviens encore de ce repas grandiose. Nous avions tous pris la même chose. D'abord des escargots, formellement interdits à mon père pour cause de trop de beurre et puis de gigantesques chateaubriands, tout aussi interdits pour cause de béarnaise, puis on a terminé avec de la cassate arrosée de cassis, je titubais gentiment quand nous sommes repartis. Comme mon collège était assez près de Versailles ils ont décidé d'aller visiter le parc et nous avons marché, pratiquement seuls dans les grandes allées, c'était en automne, Aimé a commencé à réciter des vers.

Il connaissait toute la poésie française à peu près par cœur, alors il a dit des poèmes de Rimbaud, d'autres de Baudelaire, moi qui ne connaissais que les récitations j'étais fasciné, tout comme l'était papa qui était aux anges et qui hochait la tête en fermant les yeux, assis sur un banc en ciment comme il y en avait partout dans les parcs à l'époque. Ils m'ont raccompagné dès la nuit tombée, mais très lentement, faisant feuler les huit cylindres en V de l'immense Pontiac, ce soir-là je n'ai rien mangé au réfectoire et me suis endormi pour une fois sans doute en souriant, aimant pour toujours Rimbaud et Baudelaire, les Pontiac, les cassates et les chateaubriands. Mes amis quittaient tous la pension pour des lycées plus aptes à leur faire réussir le baccalauréat, pas question pour moi d'aller à Saint-Paul, ni même aux alentours, où il y avait pourtant un tas de pensionnats, j'ai appelé maman au secours, Charles allait un peu mieux, une courte rémission, alors elle a bien voulu me prendre avec eux, j'ai ramassé toutes mes affaires dans une petite valise en isorel ciré, et j'ai quitté Versailles pour Bruxelles. Leur appartement était trop petit pour que nous puissions y habiter à trois, on m'a loué une chambre avec lavabo au-dessus d'un oiseleur, j'étais réveillé vers cinq heures du matin par le cri des canaris mais j'étais chez moi, toujours un peu seul mais enfin chez moi.

Les vitraux pour Jérusalem

Le Lycée français de Bruxelles me plaisait beaucoup. D'abord je doublais ma seconde, ce qui fait que je ne travaillais pas vraiment, ensuite parce que c'était un lycée mixte. Dans mon affreux collège il n'y avait que des hommes, des garçons et des hommes, c'est comme si je découvrais enfin la Terre promise. Je prenais le tram 15 à la porte de Namur qui me conduisait vers neuf heures du matin à la station Midi, en plein Canaan, une cour pleine de filles, de vilaines et de belles, beaucoup plus de mignonnes, mais une cour pleine de filles. Le Lycée me plaisait mais moi je ne plaisais pas vraiment au Lycée, alors très gentiment ils m'ont demandé de ne plus venir, me gardant quand même jusqu'en fin d'année, j'étais trompettiste dans l'orchestre de l'école. Alors je suis parti pour jouer du jazz, sans le dire à mon père, sur les conseils d'Ida. Papa devenait vieux, elle avait décidé de tout faire pour qu'il travaille en paix et je l'ai approuvée tout un temps, mais comme Elle faisait tout pour qu'on ne le voie pas, j'ai pensé, c'est idiot, que ça venait de lui. Une toute dernière fois nous avons passé quelques jours ensemble, c'était chez Charles Marq, maître verrier à Reims, où mon père commençait d'après lui la plus grande aventure artistique de sa vie : Les douze vitraux pour Jérusalem. Visitant une grande rétrospective à Paris quelques émissaires de la Hadassa, un hôpital au mont des Oliviers, lui avaient demandé de faire les vitraux de la synagogue qu'on allait construire dans une structure nouvelle. Alors il a proposé de créer un carré fait de douze fenêtres représentant chacune une tribu d'Israël, toutes de formes romanes, aux couleurs de ces tribus : Le bleu pour Ruben, Siméon, Benjamin et Dan, le rouge pour Juda et Zabulon, le jaune pour Lévi, Nephtali et Joseph, et enfin le vert pour Gad, Aser et Issachar. Il avait déjà approché la technique du vitrail et l'avait, à l'avis de Marq, maîtrisée de façon surprenante, les dominicains du plateau d'Assy avaient commandé à plusieurs grands peintres des vitraux dans les années cinquante, expérience assez peu concluante, tous ces messieurs avaient œuvré dans leur coin, le résultat manquait d'une certaine harmonie.

Mon père revenait de Judée où il avait étudié la lumière du site, il était si heureux de la tournure que prenaient les choses qu'il m'avait fait venir près de lui quelques jours, Elle soignait son foie Dieu sait où, sur le lac de Constance ou à Bad Godesberg, nous étions tranquilles. L'endroit était magique. L'atelier était plongé dans le noir total, et le soleil faisait exploser les couleurs du vitrail, papa travaillait déjà à la grisaille, ce plomb liquide avec lequel on fait les ombres sur le verre teinté. Mais je le sentais distant, il était un peu froid, me reprochant bizarrement mon blazer : « On dirait un Anglais », ce qui dans sa bouche voulait vraiment tout dire. Écossais et Anglais c'était la même chose, et McNeil, dont je porte le nom, avait long-temps refusé le divorce à ma mère, quand elle l'a obtenu elle s'était en allée.

De garçon, j'étais devenu adolescent, et un adolescent devient vite un homme, les ar-tistes, comme on sait, n'aiment pas ça du tout. Quand j'étais bébé, il avait déjà peur de l'adulte que j'allais devenir, « fumant des cigarettes et buvant de l'alcool », disait-il, Picasso avait eu des problèmes avec son fils Paulo qui buvait tellement que les gendarmes le ramenaient ivre à peu près tous les soirs : Il me voyait grandir, déjà à petits pas il s'éloignait de moi. Quittant Reims je suis parti pour Londres, chez ma sœur Jeannette redevenue Jean, découvrant Miles Davis j'ai rangé ma trompette, elle est dans sa boîte depuis ce jour-là. Il me fallait trouver quelque chose que je serais seul à faire alors je me suis mis à écrire des chansons, ratée ou réussie une chanson est toujours unique. Bien plus tard, quand j'ai enfin compris que ce n'était pas lui qui avait coupé les ponts, j'en ai écrit une à son intention, en espérant qu'elle lui parvienne un jour, il écoutait souvent la radio dans son atelier. Bill Wyman, l'ancien bassiste des Stones a un jour fait un livre sur papa à Saint-Paul et mon père lui a dit qu'il avait un fils qui chantait aussi, alors peut-être que...

Tu vis près de Saint-Paul-de-Vence
Hollywood en Provence,
Si loin de ma vie...

Peut-être qu'un jour par les ondes elle est arrivée jusqu'à lui...

À la fin des années soixante j'ai enfin été voir l'hôpital de la Hadassa. C'était ma première visite en Terre sainte, Israël pour un Européen est assez déroutant. Déjà en descendant de l'avion on voit que c'est un pays nouveau mais pas neuf. Tout est déglingué, comme le tapis roulant des bagages, déglingué le taxi qui vous mène à l'hôtel déglingué, déglinguée la douche qu'on prend avant de sortir par la porte déglinguée dans la rue poussiéreuse aux trottoirs défoncés, des câbles pendent partout, liés n'importe comment à n'importe quoi, le plus étonnant c'est que tout ça fonctionne. Tel-Aviv est une vraie fourmilière, un mélange d'Orient, d'Occident, les hamburgers côtoient les mezze du Liban, c'est un joyeux bordel, un Bazar céleste, on se prend à rêver...

Les vitraux sont scellés dans une boîte en ciment aux vitres protégées par de gros grillages qui surplombent la synagogue au quatrième sous-sol, on y croise des malades et des morts qu'on emporte en civière en suivant la ligne bleue tracée sur le sol, un gros sous-rabbin lit un *Maariv*, le *Figaro* local, déplié sur la table des prières, il vous montre sans se retourner un gros carton rempli de kippas en bristol agrafé, les vitraux sont si haut placés qu'à part ceux de face on se tord le cou pour pouvoir voir les neuf autres. Je sais que là-bas tout est bouts de ficelles, mais on aurait pu au moins demander à Cert, le génial concepteur de la fondation Maeght, de bâtir ne fût-ce que la synagogue, peut-être qu'un jour ils la referont, à moins que tout le monde ne suive le conseil de ce graffiti que j'ai vu sur un mur à la porte de Jaffa : « Le dernier qui quitte le pays éteint la lumière. »

Si dans votre vie vous ne faites qu'un voyage, allez à Jérusalem voir cette synagogue, oubliez le béton, les mourants et le gros sous-rabbin et asseyez-vous là, quelqu'un a écrit quelque part que les vitraux sont des cloisons idéales entre Ciel et Terre, voilà donc les portes qui mènent au Paradis.

La robe de l'amie d'Ida

Ida avait eu tout un temps une chambre à elle aux Collines. Assez mal située, en haut d'une grande volée de marches à l'ancienne, c'est-à-dire très courtes, recouvertes de tomettes, brûlantes en été et casse-gueule dès l'automne. Mais elle était à côté de l'atelier, Ida pouvait donc embrasser son père sans passer par Elle, ce qui évidemment déplaisait beaucoup. Alors, bien que solide depuis plus d'un siècle, soudain cette annexe allait s'écrouler. Un maçon est venu en murer la porte, les fenêtres et même la cheminée pour que le père Noël ne puisse pas y entrer, me disais-je, à l'époque je n'avais que six ans, Elle craignait soi-disant que quelqu'un se blesse, il fallait éviter à tout prix la Une du *Nice-Matin* qui aurait titré ça : « La fille d'un peintre célèbre meurt enfouie sous les décombres d'une ancienne construction que sa belle-mère jugeait insalubre depuis longtemps déjà. »

Des années plus tard, convié à Saint-Paul, j'amenais avec moi mon fils et ma jeune femme, c'était la première fois et aussi la dernière qu'on voyait La Colline, la villa qu'ils avaient fait construire un peu vite aux Gardettes, en face de la fondation de Guiguite et Aimé, où personne n'aura de chambre, pas même un cagibi, même mes neveux et nièces iront à l'hôtel quand ils viendront les voir. Ida avait invité une amie d'enfance, avec laquelle elle avait été en classe en Biélorussie. Nous étions encore à l'époque du régime de Brejnev, il fallait souvent attendre un visa pendant plusieurs années mais mon père connaissait cet élégant poète, ancien surréaliste qui jusqu'à sa mort est resté stalinien, bien que s'habillant chez Chiffonnelli. L'homme est intervenu auprès du Parti et l'amie de ma sœur n'a attendu qu'un mois pour avoir son passeport, valable une semaine, sa famille étant bien sûr gardée en otage.

Curieusement, mon premier souvenir, la toute première image dont je me souvienne est liée au Parti communiste. Papa avait été commissaire du peuple, commissaire aux Beaux-Arts ou quelque chose comme ça, l'équivalent chez nous de ministre des Affaires culturelles, puis il a voulu, croyant comme tout jeune homme qui avait vingt ans en ces années-là que Révolution voulait dire Liberté, tenter de transformer sa ville en ville en fête. On allait pavoiser les rues de drapeaux, de dessins d'enfants de toutes les écoles et aussi du reste de la population, accrocher aux fenêtres des draps, des drapeaux, des banderoles et des calicots pour célébrer l'anniversaire des Journées d'Octobre. Mais ça n'a pas plu en haut lieu. Il s'était sévèrement fait semoncer par les birbes du Kremlin, et fâché avec tout le monde il était alors parti de Vitebsk, de Vitebsk à Minsk, de Minsk à Berlin, de Berlin à Paris, l'Allemagne nazie n'aimait pas vraiment les commissaires du peuple, surtout s'ils étaient juifs, alors Paris-Marseille puis Marseille-New York, où je suis né dans le Bronx tout à fait par hasard, et où mon père s'était fait traduire *Dasdrovnia* par « Good-bye » en vue d'un prompt retour.

Dans ma mémoire, ce premier souvenir est un peu comme une photographie : D'abord un grand jardin très sauvage autour de la maison, puis une balançoire beaucoup trop haute pour moi, je n'ai que trois ans et je n'arrive pas à grimper dessus. Je repère un pot où pourrissent quelques fleurs, des giroflées je crois, nous étions en automne, je le vide discrètement et je le retourne pour en faire un marchepied. Quand j'arrive enfin à m'asseoir sur la planche, commençant à me balancer, je vois trois hommes en longs manteaux gris qui remontent le chemin menant à la maison que mes parents louaient tout près d'Orgeval en attendant d'aller s'installer à Vence, sur les bons conseils de Matisse, c'était au temps où ils étaient encore copains, c'est-à-dire qu'il n'y avait pas de Chapelle entre eux.

Vraiment beaucoup plus tard, au Festival du film fantastique d'Avoriaz, le plus grand écrivain populaire du Brésil m'a dit que des trois hommes il était le moins grand à marcher vers le porche, entre le thorézien en Chiffonnelli et le fils d'un poète moscovite, mari tout un temps d'Isadora Duncan, le beau-frère du fameux Raymond. Mon père les a reçus sur le pas de la porte, serrant la main des uns mais embrassant l'autre sur la bouche, à la russe, puis ma mère a crié « Dîner ! » Depuis ce jour-là « dîner » pour moi c'est une odeur de riz mêlée à celle du beurre et du gruyère râpé. Moi et ma sœur Jean dînions dans la cuisine pendant que ces messieurs parlaient fort dans la salle à manger. C'était du français, que je comprenais mal, à Highfalls, d'où on arrivait, mes premiers mots étaient des mots d'anglais. Le fils du poète suivait tant bien que mal, mais il était

144

question que mon père, depuis peu reconnu par ceux qui l'avaient engueulé dans le temps, retourne vivre là-bas. C'était un peu avant que l'Union soviétique envahisse la Hongrie et le vieux renard sentait ces choses-là, deux guerres mondiales et une Révolution, ça vous aide à savoir d'où peut venir le vent. Il a souri de son fameux sourire de faune et les a reconduits dès le dessert fini, se doutant que ma mère raterait le café tout exprès, il ne retournerait à Vitebsk qu'en soixante-quatorze, et en visiteur.

L'amie de ma sœur, obtenant son visa, avait préparé son voyage pendant plusieurs mois. Elle était invitée chez un homme célébré dans le monde entier, il lui fallait une robe en rapport avec cet événement. Elle a fait la file au magasin Goum pendant un mois au moins, se relayant avec quelques voisines devant ce symbole d'opulence normalement ouvert à tout le monde, mais dès son ouverture on s'est aperçu qu'il était réservé à la nomenclature. Elle a enfin trouvé le coupon de coton qui pourrait devenir, en trouvant une modiste qui sache encore coudre, une robe convenable pour un tel déjeuner. Moscou-Paris, puis Paris-Toulon, voyage moins compliqué que celui qu'avait fait mon père pour rejoindre New York, deux heures de voiture jusqu'à

Saint-Paul-de-Vence, un apéritif dans la fraîcheur tranquille du salon, une amie d'enfance, un peintre légendaire, la Sorcière souriante, la pauvre rapidement va savoir pourquoi, naïve la jeune Russe était encore aux anges.

Quand on s'est mis à table voilà que je comprends la raison du sourire démoniaque qu'Elle arborait déjà depuis notre arrivée, les femmes aux yeux noirs sont souvent démoniaques. Je vois que la nappe, la nappe et les serviettes sont faites du même tissu que la robe de la Russe, cette robe qu'elle avait mis deux mois à trouver, fait coudre à la main par une babouchka pour honorer mon père, qui lui n'a rien vu, il regardait les femmes, pas vraiment leurs vêtements. Ida très gênée a fait semblant de rien, moi j'étais furieux et au contraire d'Elle je n'ai pas osé m'essuyer la bouche, ce qu'Elle n'a pas manqué de faire tout au long du repas. La voyant arriver Elle avait eu tout le temps de faire changer la nappe, mais Elle l'a laissée, les femmes qui ont les yeux noirs sont souvent diaboliques.

Le repas terminé mon père a pris mon fils par la main et l'a emmené vers son atelier. Les gens qui pouvaient visiter l'atelier étaient bien sûr Aimé, son marchand, Elle, mais Elle, il n'avait pas le choix, et puis les jolies femmes, toutes les jolies femmes, mais surtout les enfants. En emmenant mon fils, qui me ressemblait tant, visiter l'atelier il avait sans doute l'impression de m'y emmener moi. Quand j'ai voulu partir et que je suis allé chercher mon bambin, il était assis à « ma » table, en train de peindre à la peinture bleue avec des brosses usées des feuilles format raisin, rien n'avait changé, tout était à peu près comme au temps des méduses, mais là c'était moi qui pensais que c'était bien comme ça.

La route de Mohawk

Un jour au début des années soixante-dix je suis allé chanter à Woodstock. Pas au festival, j'étais un peu jeune et pas vraiment connu, non, pour enregistrer deux ou trois mélodies que je voulais faire sonner « country », un style qui n'a jamais été à la mode en France à part quelques chansons de cow-boy qui n'ont pas grand-chose à voir ou peut-être *Stand by your man* par Dolly Parton et c'est à peu près tout. Les gens qui jouent ça vivent en général à Memphis, le temple de la Country, mais au Nord j'avais un copain qui connaissait tout le monde et Woodstock est tout près de Highfalls, que je voulais revoir ou plutôt découvrir. Beaucoup d'excellents musiciens étaient restés dans le coin après l'événement, qui s'est passé en fait à cinquante kilomètres de la petite ville dont les habitants à trois jours du jour « J » se sont dégonflés, mais on les comprend. Ceux de

Bob Dylan, séduits par les Catskills, cette région superbe à deux heures de New York, avaient acheté des maisons confortables mais discrètes plus haut dans la forêt. Dans tous les cafés, tous les restaurants, dans le moindre snack-bar, le plus humble coffee-shop, on pouvait entendre arpéger des guitares, striduler des banjos, partout dans les rues quelqu'un quelque part jouait de quelque chose. Le week-end au Joyous Lake, l'endroit pourtant le plus cher de la ville, c'était Paul Butterfield ou Muddy Waters qu'on pouvait écouter pour le prix d'une bière, le dimanche dans la petite église venait Pete Seeger, la dernière légende de la vraie chanson « folk ». Presque tous aujourd'hui sont morts ou dispersés, le grand Bob a vendu sa maison et ne vient plus jouer aux échecs sur la place avec ce gros bonhomme qui avait en son temps composé le thème de *Délivrance*, les peintres en série, les marchands de tee-shirts ont remplacé tout ça, les guitares, les banjos et les mandolines sont partis ou rangés et plus jamais je pense n'existera un endroit comme celui-là, tout entier dédié aux muses, à la musique et à leurs amoureux.

J'enregistrais mes chansons dans un très beau studio, à côté de la maison du preneur de son, un de ces dômes en panneaux de verre sertis dans le poutrage, à la mode de l'époque. Tout autour c'était la forêt s'étirant jusqu'au lac Ontario. On pouvait voir des cerfs et des écureuils, parfois même des ours, mais plus inquiétant, de jeunes hommes hirsutes qui vivaient cachés dans des huttes de branchages, certains habitaient dans des galeries qu'ils creusaient dans le sol, comme ils en avaient vu sur la piste Hô Chi Minh, c'était des déserteurs de la guerre du Viêt-Nam. La nuit ils volaient de la nourriture dans le garde-manger que Mike oubliait de boucler, il risquait la prison si, ouvertement, il les avait aidés.

On faisait toutes les prises en direct, la voix, les instruments, à part les choristes qui chantaient après moi, elles avaient du mal à chanter en français alors j'employai la méthode phonétique. Mais c'était amusant et très amical, pas du tout l'ambiance glauque des studios parisiens, on pouvait laisser les fenêtres ouvertes, tout ce qu'on risquait c'est que sur la bande-son on entende un de ces stupides oiseaux qu'on nomme des « frédériques ». Des oiseaux typiques du nord de l'Amérique qui ont un chant idiot auquel ils doivent leur nom, qui ressemble à ceci : « Cache ton cul, Frédérique, Frédérique, Frédérique », c'est très agaçant, ça dure tout l'été et ils recommencent toutes les trois minutes. Au Québec, mon ami Charlebois m'avait mis en garde : La seule façon de ne pas finir fou à la fin des beaux jours c'était simplement de chanter avec eux. Ça marche assez bien, mais si par exemple dans un jardin public, disons de Montréal, on vous entend chanter « Cache ton cul, Frédérique », vous risquez de quitter le parc solidement sanglé dans une ambulance. À New York ce genre de chose n'étonnerait personne, si vous ne marchez pas, attendant quelqu'un, il peut même arriver qu'on vous lance des pièces.

Les petites choristes chantaient en amateur, l'une d'elles était serveuse et l'autre étudiante à Kingston, la grande ville d'à côté. Ça les amusait de chanter sur un disque, surtout en français, et puis je dois dire que vers vingt-cinq ans j'avais après tout une « belle gueule ». Comme elles insistaient pour venir répéter, ce que ne font jamais les professionnelles, on a bavardé et j'ai raconté que j'étais né pas loin, à Highfalls, qu'elles connaissaient bien, alors elles m'ont proposé leur vieille Oldsmobile pour que je puisse aller voir l'endroit où j'étais né. Je n'ai pas dit qu'en fait j'étais né dans le Bronx, aucune choriste, même amateur, vivant à Kingston, quand on connaît Kingston, ne m'aurait prêté une voiture même en panne.

Mon père avait choisi cet hôpital du Bronx, à l'époque un quartier populaire mais résidentiel, sans doute parce que c'était sous contrôle du Beth Din, le truc des barbus qui imposent un rabbin payé une fortune pour vérifier si tout est conforme à la Loi, sinon pas de blanc-seing, un restaurant qui n'a pas leur tampon « Glatt Casher » peut fermer ses portes en Terre sainte, c'est un vrai racket. Interdire le porc et les crustacés avant l'ère « glacière » on comprend, mais le reste est foutaise.

Quelques jours après ma naissance, plaisamment attendue, nous sommes tous montés vers Highfalls où mon père avait acheté une maison. Ils avaient décidé de chercher un coin calme, pas trop loin de New York, la ville était bruyante, une fournaise en été, enfumée en hiver à cause du charbon qui chauffait les buildings. Il était tombé sous le charme de l'endroit, je pense en partie à cause des bouleaux qui lui rappelaient son pays en hiver.

Papa en arrivant en Amérique, comme il était déjà très connu, avait échappé à l'humiliant passage par Ellis Island où on « triait » les émigrants. Arrivé sur le quai il était attendu avec impatience par les artistes déjà réfugiés, mais j'aime m'imaginer la scène autrement : Il ne voit pas le petit comité venu l'accueillir, il hèle un taxi en russe, le chauffeur est russe, ça c'est très plausible, il y avait encore des « princes-chauffeurs » russes quand j'étais jeune homme et c'était logique : Le métier était difficile et très mal payé, au salaire qu'acceptaient les seuls immigrés et les seuls immigrés qui savaient conduire étaient les Russes blancs, riches ou nobles, les pauvres ne connaissaient que les charrettes à bœufs. Les riches sont très vite redevenus riches et les nobles ont conduit les taxis. Il monte donc dans son taxi et demande s'il y a un quartier russe, il descend à Brooklyn, dans un hôtel russe où il se fait très vite quelques copains russes qui lisent des journaux russes en buvant des cafés russes avant de dîner à la russe dans des restaurants russes.

En fait il s'installe sur River Side Drive et impatient qu'il est de rentrer chez lui, pensant à son départ à peine arrivé, il se fait traduire *Dasdrovnia*, espérant très vite pouvoir dire « Good-bye » à cette ville qu'il n'aime pas, qui pourtant l'accueille vraiment à bras ouverts. Mais son « Good-bye » attendra. La guerre avec l'Allemagne durera cinq ans, il perdra Bella, son double, ma mère le consolera dans ses jolis bras et ils finiront par s'aimer.

Quand il rentre en Europe où sa renommée grandit chaque jour, il s'est placé, dit-on, à la poupe du bateau et regardant les tours de New York s'éloigner a salué la ville, soulevant son chapeau il a pu lancer enfin son « Goodbye »...

Je roule de Woodstock à Highfalls, longeant le réservoir, c'est un lac immense, protégé, magnifique, où seuls les poissons ont le droit de nager, on en chasse les oiseaux quand ils sont trop nombreux, les gardes ont des consignes très strictes concernant ce lac, ni pêche ni bateaux, c'est à peine si on peut le photographier. Au bout d'une demi-heure j'arrive au village, j'ai dû faire une trentaine de miles. Ma mère m'avait dit : « Prends la route à droite vers Mohawk, impossible de se tromper, c'est la maison en bois peinte en blanc avant le bosquet de bouleaux, les fermiers d'à côté sont peut-être encore là, salue-les de ma part. » Le village est exactement tel qu'elle me l'avait décrit. Elle pensait que tout serait rasé, reconstruit en béton, mais tout a l'air intact, même la pompe à essence de Robbie Ryan dont j'ai la photo à la maison avec toute la famille posant fièrement devant une voiture neuve.

Il y a une fancy-fair devant l'école des Mormons-Adventistes-du-Sixième-Jour-et-Demi, des petits garçons endimanchés, des fillettes en robes longues courent dans tous les sens, on se serait cru au siècle avant-dernier. Mohawk est fléché plus loin, « Restaurant touristique, Piscine, Panorama ». Mais rapidement je vois que les maisons sont toutes des bâtisses en bois et qu'elles sont toutes peintes en blanc et toutes entourées de bosquets de bouleaux.

À travers les vitres de l'une d'elles je vois la silhouette d'une vieille dame qui dans sa cuisine remplit une bouilloire. J'espère qu'elle vivait là dans les années quarante, je gare la voiture des petites choristes au bord de la route et je m'avance à pied pour ne pas l'effrayer, les vieux jeans et les cheveux longs faisaient encore peur aux gens dans les campagnes, aujourd'hui c'est le contraire, on vous tire dessus si vous êtes en costume. À la porte il y a comme toujours un double battant, le second est vitré, le premier en grillage sert de moustiquaire. Au nord de l'Amérique ils sont très gâtés, en plus des frédériques ils ont les mouches noires, une sorte de moucheron carnivore qui vous dévore de juin à juillet. Je pousse le battant et je frappe à la porte, la vieille dame arrive, méfiante elle laisse la chaîne de sécurité, je salue et demande si elle a connu là un peintre russe dans le temps, la vieille dame me répond : « Mais, mon pauvre jeune homme, ici tout le monde est peintre et tout le monde est russe... »

Je suis remonté dans mon Oldsmobile et j'ai fait le tour des environs, regardant chaque maison avec émotion, me disant que parmi elles se trouvait la mienne.

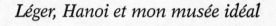

Léger, Hanoi et mon musée idéal

S'il aimait l'homme et l'œuvre, mon père détestait le musée Léger, ce bloc d'après lui d'époque khrouchtchévienne, en béton et béton, que je n'ai pas vu depuis quarante ans, le souvenir d'Elle m'empêche de retourner dans beaucoup d'endroits. Ils avaient été tous deux communistes, de manières différentes et dans d'autres lieux : Léger était, je crois, membre du Parti, mais dans un pays très démocratique, papa, bien qu'il ait été commissaire du peuple était démocrate en pays communiste. Elle m'avait amené voir *Gisèle* ou *Le Lac des cygnes* à l'Opéra Garnier qui n'avait pas encore été replafonné. Le Bolchoï y donnait une représentation et la direction du Parti, qui essayait toujours de récupérer mon père, nous avait invités. Leur danseur étoile, Noureïev, allait leur faire faux bond, un comble pour un danseur, dès le lendemain, sautant par-dessus une barrière à Orly, tout le monde en parlait, j'étais fier d'avoir serré la main du fuyard dans les loges la veille, quand il était encore un danseur communiste, je comptais m'en vanter dans mon collège nazi, mais l'homme avait « choisi la liberté » ce qui sincèrement ne changerait pas grand-chose, Noureïev avait des idées conventionnelles quant à la chorégraphie.

Un jour à Hanoi, au musée National, j'ai vu un grand mur où étaient accrochées des reproductions d'artistes du monde entier, certains étaient nommés, non pas « camarades », mais « compagnons de route », le *Peintre aux sept doigts* de mon père côtoyait les grands travailleurs de Léger, le membre du Parti toujours resté membre et le compagnon d'un membre qui avait pris la route se trouvaient côte à côte, c'était amusant qu'il faille aller si loin pour les voir à nouveau réunis. Le musée Léger était en finition quand nous sommes allés voir Nadia son épouse, éminemment russe, qui vendait, d'après elle, ses toutes dernières toiles pour finir les travaux, et quand il n'y en avait plus elle en trouvait encore. Un soir, invités à dîner, d'un bortsch bien sûr, elle nous a exprimé la joie d'avoir trouvé un nouveau tableau au fond du grenier, nous sommes montés le voir, mon père, Nadia et moi, qui n'avais que dix ans.

Nous allions souvent à Biot rendre visite à Nadia, elle amusait papa, il a beaucoup ri grâce à elle et surtout ce soir-là : Le tableau était beau, dans les gris et les jaunes, vraiment très réussi. Au bout d'un moment, nous arrachant à notre admiration elle nous a conviés à la suivre à table, je suis passé trop près de la toile alors papa m'a vite éloigné du tableau, me tirant par la manche en disant :

« Attention, c'est pas sec. »... Fernand était mort depuis deux ans déjà.

Ce musée-là fini il restait à trouver un musée pour mon père. Cimiez fut choisi, évidemment pas loin du musée Matisse, on avait promis que, le plus tard possible, puisqu'on ne nomme les rues qu'aux noms des défunts, mon père aurait une rue, mieux, une avenue à son nom, il a, et tant mieux, une placette à Vence. Le musée est superbe, le lieu se nomme « Le Message biblique », et bien qu'on y organise des accrochages ponctuels, les gens le visitent surtout pour le « Message ». L'œuvre de mon père est encyclopédique, poétique, drolatique, dramatique, érotique parfois, il faudrait créer un autre musée, qui soit complémentaire. Je le vois entre Saint-Paul et Vence, ce serait une bâtisse très simple comme il les aimait, simple et blanche comme l'était la maison des

« Collines », avec des puits de lumière comme en a construit Cert à la fondation Maeght, éclairant doucement dans la lumière du nord les toiles qu'il aurait choisies, de toutes ces époques où tout ce qu'il peignait était feu d'artifice.

Le couteau de cuisine
et le sourire du faune

Le dernier souvenir que je garde d'Elle c'est un article dans le *Nice-Matin*. Elle qui avait toujours craint la presse avait été le témoin d'un crime vraiment horrible perpétré chez Elle. Auguste et Rosa étaient morts, Elle avait engagé un couple de Russes payés sans doute en roubles, peut-être même en kopecks. L'épouse avait un amant et volait des gouaches, une ou deux par mois parmi les dizaines empilées à l'époque au fond de l'atelier. Elle ne pouvait pas recompter à chaque fois que quelqu'un entrait ou sortait de l'endroit pour y faire le ménage alors l'amant vendait toutes ces œuvres et petite fortune faite ils allaient s'en aller, c'était oublier le mari trompé qui, complètement saoul, a égorgé sa femme avec un grand couteau à découper la viande. Comme Elle terrorisait tout le monde, Elle a terrorisé le Russe, parvenant à lui prendre le couteau des mains. Je raconte la suite comme j'aurais voulu qu'elle se passe : La police prévenue entre dans la cuisine avec un photographe du journal, Elle est en nuisette et se drape dans une nappe qu'Elle prend vite sur la table, la photo la montre, le couteau en main, enroulée dans la nappe, celle du même tissu que la robe de l'amie d'Ida. Flash.

Le dernier souvenir que je garde de lui c'est sur le pont de la Lubiane. Il partait comme chaque jour faire sa promenade, je passais par là, raccompagnant Danielle bien des années après l'histoire du marron, comme elle n'était plus belle et que je ne voulais pas qu'il croie qu'elle était ma petite amie, j'ai démarré sans même descendre l'embrasser, le snobisme on l'a dit est parfois criminel, je l'ai regardé s'en aller sur le pont comme Charlot s'en va à la fin de ses films, me laissant en mémoire son doux sourire de faune, qui comme celui du chat d'Alice au pays des Merveilles, reste toujours visible quand lui a disparu.

Dessin de Marc Chagall.

DU MÊME AUTEUR

Aux Éditions Gallimard

LETTRES À MADEMOISELLE BLUMENFELD, *roman*
(L'Arpenteur, Folio n° 2474).

TOUS LES BARS DE ZANZIBAR, *récit* (Folio n° 2827).

SI JE NE SUIS PAS REVENU DANS TRENTE ANS
PRÉVENEZ MON AMBASSADE, *roman*.

LA DERNIÈRE PHRASE *roman*.

QUELQUES PAS DANS LES PAS D'UN ANGE *récits*
(Folio n° 4183).

Composition Floch.
Impression Bussière
à Saint-Amand (Cher), le 12 avril 2005.
Dépôt légal : avril 2005.
Numéro d'imprimeur : 051710/1.
ISBN 2-07-030710-7./Imprimé en France.

134546